奇妙的科普王国

奇妙的生活知识

QIMIAODESHENGHUOZHISHI

主 编：吴永谦

吉林大学出版社

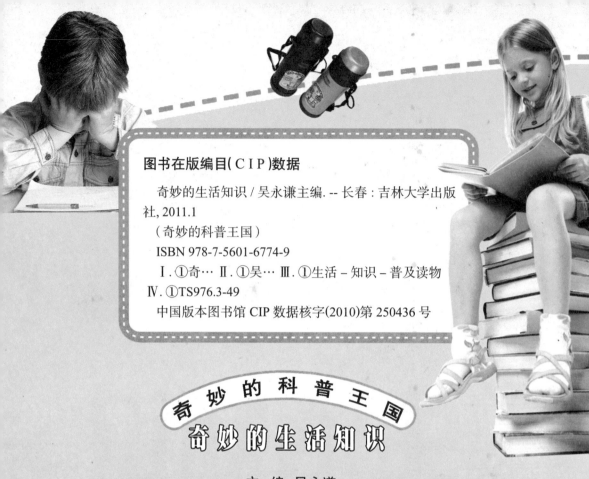

图书在版编目(CIP)数据

奇妙的生活知识 / 吴永谦主编. -- 长春:吉林大学出版社, 2011.1

(奇妙的科普王国)

ISBN 978-7-5601-6774-9

Ⅰ.①奇… Ⅱ.①吴… Ⅲ.①生活 – 知识 – 普及读物

Ⅳ.①TS976.3-49

中国版本图书馆 CIP 数据核字(2010)第 250436 号

奇妙的科普王国

奇妙的生活知识

主 编:吴永谦

责任编辑:王世林

吉林大学出版社出版、发行

开本:710 × 1000 毫米 1/16

印张:12　　字数:200 千字

ISBN 978-7-5601-6774-9

封面设计:安丰文化

三河市腾飞印务有限公司印刷

2011 年 1 月第 1 版

2011 年 1 月第 1 次印刷

定价:25.80 元

社址:长春市明德路 421 号　邮编:130021

发行部电话:0431-88499826

网址:http://www.jlup.com.cn

E-mail:jlup@mail.jlu.edu.cn

前 言
FOREWORD

人类起源于浩瀚宇宙,宇宙是我们所在的空间;地球是我们的家园,但地球仅是太阳系的第三颗行星;而太阳系又仅仅定居于银河系巨大旋臂的一侧;银河系,在宇宙所有星系中,也许很不起眼……这一切组成了我们的宇宙,宇宙是所有天体共同的家园。人们在这个浩瀚的宇宙中生活着,从人类起源到现在,不同时代的人们创造了许多不同的奇迹,人们也在不断地探索着,希望解开更多的疑惑。

地球在宇宙中诞生几十亿年之久,所积累的文化博大而精深。大自然的鬼斧神工造就了壮丽、秀奇的山河,地质运动让沧海成桑田,火山爆发让城市变为废墟,大自然的力量让人敬畏,让人恐惧。自然界的生物更是多姿多彩,生物起源从有机分子到生物单体到生物聚合物……经过亿万年的演变形成了现在形形色色的生物。

在地球亿万个生物的存在中,人类是地球上一种相比较来说高智慧的生物,可以说是地球至今的统治者。经过人类的发展,人们创造了许多文明,各地区都有自己的文化。从古代人类留下的文明可以看出古代人类的智慧,从现今高科技的发展依然可以反映出人类在

不断进步。人们对自身身体的探索也取得了重大成果，人体的奥妙正在逐步揭开。人们并不满足于地球的探索，把视线放在了宇宙中，也取得了很多成果，太空旅行已不在是梦想。

宇宙是由空间、时间、物质和能量所构成的统一体。宇宙是物质世界，不依赖于人的意志而存在，并处于不断运动和发展中。宇宙是多样又统一的，它包括一切，是所有时间和空间的统一体，没有时间和空间就没有一切，所以它包括了全部。宇宙充满了神秘，多少年来人们一直想知道宇宙中存在着些什么，宇宙中是否有生命，是否有外星人……现在人们凭着高科技已能初步了解宇宙了。人造卫星的发射能使人们更清楚地观察宇宙中的星球，宇宙飞船可使人登上一些星球……科技的发展使人距宇宙又近了一步。

《奇妙的科普王国》这套书将会带你去了解这个奇妙的地球、地球上的生物，了解人类文化的发展、人类科技的进步，探索神秘的宇宙空间，游览宇宙中的星球。读完之后相信你会对这个奇妙的世界有所感受，希望这些书能给你带来快乐。

编　者

目 录
CONTENTS

第 1 章 生活向导

第2章　防卫自救

第3章　各地风俗

第 4 章　课外娱乐

第5章 日常科学

第①章

出门旅游前做好必要的准备，可以让旅游玩得更畅心；知道孩子穿什么衣服对身体有好处，可以使孩子健康成长；熟悉各种食物的营养，可以让自己更健康。了解一些生活知识对我们是大有好处的。

生活向导

出外旅游应注意些什么

我们伟大的祖国历史悠久，文化灿烂。在 960 万平方千米的辽阔土地上，遍布游览胜地。假如有机会游览大西北豪放的草原，西南神秘的山水，江南柔美的湖光山色，大海大洋的壮丽；体味异乡的风情、人情、物情，了解各地的经济、文化、历史，能够自由自在，把个人与自然融为一体，尽享其中的美与乐，那该是多么幸福！

出外旅游，须了解一些旅游基本知识。下面根据少年儿童的具体情况，来介绍这方面的常识。

▲西北大草原

▼旅游节

穿戴：俗话说："天有不测风云。"出门在外，不像在家里那样可根据天气的冷暖变化及时添减衣服，所以，应该根据出门天数、所到之处的气候情况来决定随身携带的衣物。出门天数多，气候变化大，应多带一些；天数少，气候变化不大，则可少带。此外，由于出门在外，活动量大，且衣物的换洗晾晒不方便，所以应考虑选择耐磨、易洗、易干的衣服。鞋子则应选旅游鞋、运动鞋等底软、轻便、吸汗、走路不打滑、穿在脚上舒服的鞋子。

夏季还应戴一顶遮阳帽，冬季可戴保暖的帽子、围巾、手套等。此外，别忘了带一把折叠伞。

季节和去向：一般来说，春秋季节气候温和，是旅游的佳期。但是小学生一般只有寒假、暑假两个假期才有空闲时间，此时紧张的期终考试已过，学习任务也不似平时繁重，可跟随家长或老师出门走动走动。虽气候不如春秋两季气候宜人，但却可令心情放松舒畅，只要地点选择合适，仍可获得满意的效果。寒假期间天气寒冷，所以旅游宜选择气候较温暖的地方，如南方一带沿海地区或西南山水等；当然，北国的冬天千里冰封，万里雪飘，别有一番情

▲西南山水

趣，如有充分的保暖措施，亦可到那里旅游。暑假天气炎热，选择海滨城市或北国风光作为目标则较合适。

饮食卫生：出门在外，饮食的卫生及进餐时间难以保证，要是自己不注意，则可能会引起肠胃炎，甚至肝炎等疾病。

首先，饮食应设法做到一日三餐，

▼北国风光

▼睡前用热水泡泡脚

选择的餐馆要清洁卫生，最好自带一副碗筷；食物要吃点热的及易消化的，生冷食物尽量少吃，吃冷饮更应有节制。

休息：旅游时，人体的四肢、身体各部分器官的活动量都比平常大，人体要付出很大的精力和体力，所以注意休息、保证睡眠是很重要的。不妨采取以下措施：①睡前用热水泡泡脚，能洗个热水澡更好；②不要吃得太饱，不喝咖啡等兴奋饮料；③睡前开一会儿窗，使室内换上新鲜空气；④不要看刺激性的电视或书刊，不要用脑过度；⑤最好不要和打鼾声很响的人睡一屋。

安全：出门在外，安全第一。小学生一般跟随大人出门。在外时，应紧跟大人，不要自作主张，擅自跑开；在人群拥挤的地方，更应小心谨慎，以免走失；旅游胜地，山水居多，爬山时，不要攀登过于危险的山峰；海滨游泳时，也应量力而行，不要到水过深、水底情况复杂的地方游泳玩水；身上不要带太多的钱。

定时定量，不依赖零食，不要饥一顿饱一顿。吃的东西要新鲜、干净，口渴喝自带的水或封装较好的汽水饮料等，不喝生水。

▼旅游爬山运动(不要攀登过于危险的山峰)

夏季旅游应注意哪些问题

▼夏季容易中暑,应了解中暑后紧急护理知识

夏季是旅游的旺季,学生和公职人员喜欢趁放暑假之机,结伴或全家外出旅游。俗话说:"在家日日好,出门时时难。"出门在外,难免遇到麻烦,掌握一些必要的夏季旅游知识,有备无患。

夏季旅游,一是要注意防病。天气炎热,中暑、肠胃炎是最常见的疾病。中暑的现象是人感到头晕、乏力、胸闷,严重者甚至昏倒、抽搐。遇到这种现象,应立即将患者移至通风阴凉处,使其仰卧,解开衣扣,用冷水毛巾敷患者头部、腋窝、腹股沟等处,并给他服十滴水或人丹。若患者情况严重,应急送医院。

由于天气炎热,旅游中耗费大量体力,所以出汗甚多。许多人尤其是孩子,图一时痛快,吃过多的冷饮,引起肠胃炎。另外,在外吃东西一定要选择卫生条件好的店铺。吃了不干净或已变质的食物,是引起肠道疾病的一个重要原因。

因此,夏季出门,应备些十滴水、风油精、黄连素、胃复安等。穿宽松衣,戴遮阳帽,不喝生水,不吃不干净食物。

二是要注意避险。夏季雷雨多,避雷很重要。打雷闪电时,不要在空旷地

▼夏季远行带好防暑药

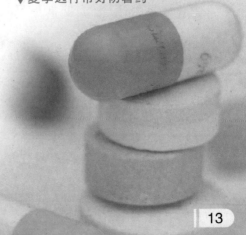

▲夏季雷雨多,避雷很重要

带、山顶上或开阔的水面上停留。

另外,夏季,毒虫毒蛇活动频繁。野外旅游,在蛇虫出没之地,走路时别忘了拿根棍子"打草惊蛇",并备些蛇药如南通蛇药片。

最后应指出,夏季旅游,难免要到河湖之中击水。此时,应注意几点:

1、应结伴同游,不可单独一人去游泳,少年儿童应该有大人带领才能下水。

2、不要在不熟悉的水域中游泳,更不能在不熟悉的情况下,一个猛子扎下去,那是很危险的。

3、酒后不能去游泳。

4、患严重高血压、心脏病的人不宜游泳。

出门旅游应备哪些药品

▼晕车的人带好晕车药

旅游是件乐事,可增长知识,锻炼体魄。但旅途中的诸如气候变化、水土不适、途中劳累及食宿不规律等情况,常会使人生病或复发宿疾。因此,旅游前应根据季节、旅游地区和旅游者的年龄及健康状况,准备一些实用的药品。

1、晕车药,如乘晕宁、安定等。

2、夏季旅游气温高,可带些

防中暑药,如十滴水、人丹、清凉油等。

3、夏秋季节肠道传染病较多,可带些复方新诺明、黄连素、氟哌酸等抗菌止泻药物,及胃复安之类的胃药。

4、冬春季旅游,天气多变,易患感冒、气管炎等,宜带些感冒通、速效感冒胶囊、螺旋霉素等。

5、野外旅游,可带些防毒虫叮咬的药物,如南通蛇药片等。

6、蜜月旅游,可带防治泌尿系统感染的药,如新洁尔灭等。

7、根据自己的宿疾带些急救药品。如高血压、冠心病患者,应带上尼群地平片、消心痛、硝酸甘油片等。糖尿病患者,应带美比达片、消渴丸等。

▲一旦旅途中发病,应及时服药

总之,出门旅游的人,一定要增强自我保健意识。一旦旅途中发病,应及时服药。

我国新开发的著名旅游点有哪些

▼张家界

近年来,我国新开发了一些较为著名的旅游点,很值得前去一游。

1、张家界游览区,位于湖南大庸、桑植、慈利三市县交界处,距大庸市区34千米,为我国第一座国家森林公园。总面积为

▲九寨沟湖水

11933 万平方米。全境奇峰连绵,怪石高耸,沟壑幽深,溪水潺潺,奇花异草、珍禽异兽很多。其自然风光为其他各地所罕见。

2、九寨沟,在四川南坪县境内,是岷山山脉万山丛中一条纵深 40 余千米的山沟谷地。因周围有 9 个藏族村寨而得名。从山间至河谷,遍布茂密的原始森林,它因景色特异,美丽如画,被誉为"神话世界"。整个范围原始森林达 200 多平方千米,稀有珍贵动物有大熊猫、金丝猴、小熊猫、羚牛等。

3、九龙漈瀑布群,深藏在福建省周宁县城南约 10 千米的大山腹部。在 1500 米的水道间,共有 13 级大小不等的瀑布,最佳观瀑期为每年的 4 ~ 10 月份。

4、凌霄岩,在广东阳春县城东北 60 千米处。总共有 3.5 万多平方米的溶洞。岩内外有河流交错,可乘游艇穿游其间,别有情趣。

5、黑龙江省德群县北部、讷漠尔河支流白河上游的火山公园——五大莲池。1719 ~ 1721 年间,因火山熔岩堵塞白河河道,形成五个相连的火山堰塞湖而得名。

6、浙江天台山的四座千年古刹和天台奇景也均已对游人开放。

▼浙江天台山风景

如何在旅游中获得美学欣赏

▲山水风景

一般说来,旅游的目的除了让人们从繁忙的学习和工作中解脱,让身心得以休息之外,还有一个重要的目的,就是丰富知识,从大自然中获得美的享受。

旅游中的美学欣赏主要有两方面的内容,即自然景观的欣赏和人文景观的欣赏。

所谓自然景观欣赏,当然是指大自然中山水风景的自然形态带给人们的朴素而明快的美。人们在游山玩水中,不断地发现美,领悟美,追求美。各

人对山水的审美意趣不尽相同,仁者见仁,智者见智。但总的来说观山重在游。山具有多侧面的景观,从不同的距离和角度去欣赏,自有步移景换之趣。许多山中景观的命名,便是依着人们的审美情趣而定。赏水贵在玩。水因流变多姿的形态,或妩媚秀丽或摄魂动魄而展示其美。远处观水自有其美感,但你若能泛舟水上,则会有一种赏心悦目的感觉,若你能贴近那飞流急瀑,感受那摄人心魄的魅力,则更能使你在玩水中纵情放

▼游山玩水

怀，涤尽世尘。

其次是人文景观的欣赏。我国大多数游览地区的自然美景中都融合了社会文化之美。例如，人们在游山中，除了欣赏山的险峻秀美之外，还能同时欣赏到著名的人文古迹和艺术景观。像建筑艺术、书法、篆刻艺术、石雕石刻、名人的诗文题词等，都更加衬托了山的至尊之美。再如我国的园林艺术把民族格调和诗情画意，融入自然的丽山秀水中，往往能获得巧夺天工、和谐完善的奇效，从而成为历史文化遗产宝库中的一颗艺术明珠。

为什么儿童穿着也要注意一些问题

儿童生长发育非常快，活泼而爱动，并且又幼稚无知，不懂得卫生知识，所以，儿童着装打扮有七不宜。

1. 不宜穿开裆裤：穿开裆裤的孩子，很容易碰破或磨伤皮肤。地上的细菌及寄生虫卵很可能从孩子的肛门、尿道及伤口侵入到体内，从而患上蛔虫病、钩虫病或蛲虫病等，这会危害到孩子的健康。如果女孩子穿开裆裤，还很容易引起细菌直接感染现象，产生阴道炎、滴虫病等。所以，当孩子会说排便的要求的时候，最好不要让他穿开裆的裤子。

2. 不宜穿喇叭型的裤：喇叭裤臀部很紧，股部太瘦会影响血液循环；而裤脚却又长又肥的，会影响行走、奔跑或跳跃等活动。而且抽得太紧的裤裆会时常摩擦刺激幼儿的生殖器官，以致影响外生殖器的生长发育，或感

▼儿童的穿着也应注意

▲儿童不宜过早的穿高跟鞋　　　　▲儿童不宜穿喇叭型的裤

染引起炎症等。

3. 不宜穿皮鞋：儿童的骨质松软，生长发育很快，太早的给孩子穿皮鞋，会影响脚部的血液循环、脚趾与脚掌的生长发育，从而非常容易导致脚变成畸形。

4. 不宜穿粗布和化纤内裤：儿童皮肤又娇又嫩，粗糙与质地很硬的布料很容易擦伤皮肤，以致感染。化纤布料容易刺激幼儿皮肤，并发生过敏性皮炎，以至于感染。幼儿最合适穿白色棉纱的针织品内裤或柔软的棉布内裤。

5. 不宜用橡皮筋制裤带：儿童正处于发育的旺盛时期，但是骨骼非常软。长期经受橡皮筋(松紧带)裤带的约束，会令腰部的骨骼、肌肉发育受到阻碍，甚至会造成畸形，并且还会影响肺活量的增加与血液的循环。儿童期最适合穿背带裤。

6. 不宜穿紧身的衣裤：牛仔裤与鸡腿裤之类的紧身裤，影响儿童的生长发育和活动，对骨骼、肌肉及生殖系统都有十分严重的影响。

7. 不宜穿高跟鞋：儿童足骨的生长

▲儿童正处于成长期,穿着一定要注意

发育非常迅速,穿高跟鞋会令趾骨、跖骨变形且变粗,阻碍关节的灵活性。还很容易引起趾外翻、平足等畸形的发生。此外,穿高跟鞋时,上身向前倾,臀部向上突出,身体的重心落在脚趾上,正常的重力传递线就会移位,有碍于身体的正常生长发育。如果女孩子穿高跟鞋,还会引起骨盆的人口处变狭窄,必将会影响成年后的生育。

为什么干洗后的衣服最好不要马上穿

如今,大部分衣物干洗是使用一种叫做高氯化合物的化学品作为活性溶剂的。试验表明,此化学品对于人体的神经系统有害,假如人们长期和它接触,就很有可能患肾癌。

衣服在干洗的过程中,此化学品便会被衣物的纤维所吸附,等衣物干燥时它又会从衣物内散发到空气中,从而影响到人的健康。所以,衣物刚从干洗店取回来时,不要即刻穿用,而应该挂在通风处,使衣物散发出来的化学气体随风飘走;也不要将取回的衣物即刻放进衣柜或者衣帽间,以免衣柜或者衣帽间被化学挥发物污染。另外,干洗衣物存放要离孩子远一些,因为小孩对高氯化合物更为敏感。

▼干洗的衣服不要马上穿

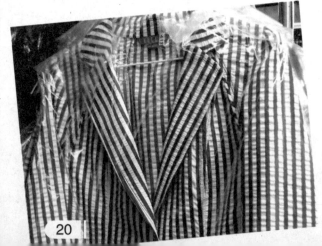

为什么不用热水煮鸡蛋

▲鸡蛋

如果你常常煮鸡蛋就会发现，把鸡蛋放在冷水里煮，不容易裂，要是把鸡蛋放在热水里煮，鸡蛋就会裂开。看来煮鸡蛋也不能忘了热胀冷缩。

乒乓球压瘪了，把它放在热水里一烫就会鼓起来。这是气体受热膨胀的一个例子。说明气体受热以后，体积要膨胀，对外产生一股推力。

鸡蛋大的那头，有一个气室，里边贮存着空气。如果把鸡蛋放到热水里去煮，

气室里的空气由于温度急剧升高，就会膨胀起来，对外产生较大的压力，这股力量常常会把蛋壳挤破，而蛋清就会流出来。

把鸡蛋放到冷水里再放到火上煮，情况就不同了。随着水温的升高，气室里的空气慢慢膨胀，压力也慢慢增大，同时，外面的蛋壳也在慢慢膨胀。由于水温是逐步上升的，蛋壳上的许许多多小气孔有较充分的时间，把膨胀了的空气从气孔中放出去。按这种做法去做，蛋壳就不会破裂了。

不信，你就仔细观察一下，看看被煮的鸡蛋，是不是向外"吐"气儿？

▼用冷水煮鸡蛋，壳不易破裂

为什么孩子不宜睡沙发床

沙发床虽然好，但孩子却不宜睡沙发床。因为孩子正处于生长发育阶段，骨质较软，这一阶段脊柱很容易变形。比如，当孩子仰睡在沙发床上时，全身臀部位置是对松软的沙发床压力中最大的，因而下陷，使脊柱长时间处于不正常的弯曲状态，如此胸廓会下塌，两肩会向前突出，头部会前倾。久而久之，脊柱和肩膀就容易变形。在侧睡时，脊柱侧向弯曲，这样时间久了，也会导致脊柱畸形。

▲孩子不宜睡沙发床

▼沙发两用床

这样不但会使孩子的脊柱畸形，影响体型美，而且更重要的是会妨碍内脏器官的正常发育。为此，孩子千万不要睡沙发床，也不要睡太过柔软的席梦思床。

为什么每天必须平躺一会儿

日常生活中，人们绝大部分的时间都处于站立或坐姿状态。这样，躯干及下肢、腰椎，以至胯关节、膝关节等部位的负荷均较重；内脏器官也会因为重力影响而有所下垂。长久以后，容易造成肌肉和关节劳损，甚至会出现胃下垂、肾下垂、子宫脱垂等疾病。

与此同时，心脏要把血液"泵"到比心脏高的头部和上肢，心脏和大血管就伴随着相当大的负荷，必须得使劲工作。久而久之，就容易造成对心脏功能的伤害。

▲平躺可以缓解全身各部位的负荷

▼人们绝大部分的时间都处于站立或坐姿状态

假如在一整天的站立或坐位工作中，有条件的话，可以每隔二三个小时，至少应该在中午仰卧平躺10～20分钟。这样，可以缓解全身各部位尤其是内脏器官及腰、膝关节的负荷，达到全身放松的效果，从而有利于消除疲劳，并可防止心脏下垂、下肢静脉曲张、痔疮、高血压、心血管疾病、椎间盘突出及下肢关节疾患等的产生。

这里说的每天平躺一会儿，指的并不是卧床睡眠。

为什么上班的女性要注意穿戴

▼手表

你穿戴得比上司更为华丽，但如果傲慢无礼就要不得了！所以，刚进公司的职员若还没有适应环境就穿戴高贵的妆饰品，看来是非常不协调且滑稽的，有时弄巧成拙就会白费一番苦心！

还有一点应该值得注意的是：穿戴的物品不一定要价格昂贵，而要时时保养。特别是戴在手上的表带是十分引人注目的。当表带有了裂痕或斑驳时就应重新配上一条新的，切记不要认为还可用，扔掉了太可惜而不换，如果这样的话，即使是再昂贵的表带也会大打折扣的。

▼上班族

有些女性常常在梳妆打扮上花费许多的金钱和时间。甚至有些女性的穿着装饰比自己的上司打扮得还华丽，"配合身份"的打扮只成了一个过时的名词。

当然，无人能反对

▲听音乐

为什么骑车戴耳机不好

边骑车边戴耳机听音乐，会分散对骑车的注意力，造成思想不集中，稍有麻痹大意，就可能酿成不必要的车祸！在许多由骑车发生的交通事故中，有些事故就是由戴耳机听音乐引起的。除此之外，由于马路上的噪音比较大，骑车听音乐就必须尽量放大音乐的音量，来掩盖外来的噪音，而结果会导致听力逐渐降低。这个过程不会产生任何痛苦，是相当隐蔽的。而一旦发现听力降低，甚至听力消失时，骑车戴耳机的危害就明显了。所以，要注意听力下降的"先兆"：

（1）经常骑车戴耳机的人，如果对人说话要大声，或对方也要大声才能听到其说话，就说明你的听力可能已有所下降。

（2）你听到噪声后，会产生耳鸣现象，那可能是你耳内神经受到破坏的先兆。

▲骑车戴耳机是很危险的

（3）如果感到别人对你说话时语句不太清楚，这就可能是由于你听力减弱而导致了理解困难。

为什么多吃爆米花不好

▲爆米花中含有危害人健康的铅

▲五颜六色的爆米花

国家卫生食品标准有规定：1000克食品中含铅量不准超过0.5毫克。而大街上现爆的爆米花，经过检验，1000克中含铅量平均都在10毫克以上，甚至有的达到20多毫克，超过国家标准的20～40倍。

那么为什么爆米花中的含铅量会这么高呢?原来爆米花的铁罐内有一层铅或铅锡合金。在加热铁罐的时候，一部分铅以铅蒸汽、铅烟形式直接污染爆米花，特别是减压"放炮"时，铅就更容易被疏松的爆米花吸收。

铅被身体吸收后，主要会侵蚀骨骼的造血系统，以及胃、肝、脑等。在相同条件下，青少年会比成年人吸收多4倍的铅，从而影响其生长发育。综上所述，街上小摊的爆米花还是少吃最好。

为什么睡觉要用枕头

无论是不讲究"睡觉的设备",还是没充分利用好这个设备,醒来时,都会头昏脑胀,眼皮重且肿,好像没睡醒似的。而仰卧的人,会觉得头颈酸。这又是什么原因呢?要知道头下不垫个枕头,肩部就很低,显然会影响头部的血液循环,使得头部血管发生充血,时间一久,就会造成头昏脑胀、眼皮肿等现象。但是,垫个枕头睡觉就不会这样。再说,头

▲睡眠是人们生活中的一件大事

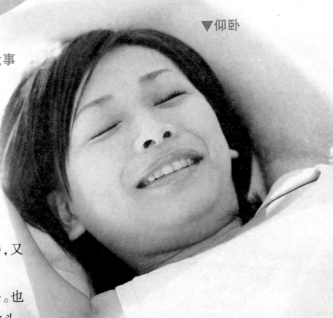

▼仰卧

就拿人们每天睡8小时来计算,一个人在一生中有三分之一的时间花在睡眠上。由此可见,睡眠是人们生活中的一件大事,值得重视。睡觉有"睡觉的卫生",那就是说既要注意睡觉的姿势,又要有个好设备。

有些人睡觉不习惯用枕头。也有一些人睡着后,头就会脱离枕头。

身体上部涌，心脏负担过重，心跳就会加快，人就不容易入睡。而对于仰卧的人来说，睡觉时用个枕头，肺部不再实实地贴着床，更有利于肺的呼吸，而且，颈部略向前弯，颈部肌肉也可以放松，

垫高了，胸部也随着稍微抬高。这样，下半身的血液可以回流得慢些，这样心脏的负担也可以减轻。不然，血液都向醒来时也就不会觉得头颈酸痛。

所以，睡觉应该用枕头，这个设备是省不了的。

为什么我们吃河蟹还要注意一些问题

河蟹是肴中珍品，人人都非常喜爱。但吃法不正确也会中毒。吃蟹要吃鲜

▼河蟹

活蟹，不吃生蟹或醉蟹，死蟹更不能吃；在我们煮前一定要将它洗刷干净，让蟹吐去肚中的污水和杂质；要煮熟煮透，水开后再煮20分钟以上；另外，我们要现煮现吃，如果隔夜就必须重蒸；吃时多搁一些姜末和香醋；柿子和蟹不能同时食用；食蟹过敏的人，以不吃为好；如果中蟹毒，可以用中药紫苏叶60克和生姜3大片，急火上煎汤，趁热喝下就可以解毒了。

为什么小学生不能常穿旅游鞋

▲旅游鞋

长期穿旅游鞋对人体的健康是不利的，尤其是对那些正处于成长发育的青少年儿童影响更大。旅游鞋的制造是根据人们外出旅游的特点而设计的，一般选用的材料大多是尼龙、塑料、硬海绵等，鞋的底部平坦柔软并富有弹性，不仅轻便耐磨，而且比较防水保暖，适合野外走路、登山和长途旅行时穿。但如果平时长期穿旅游鞋，脚容易出汗，长时期后鞋内的湿热也会引起脚掌发红。由于适合霉菌及细菌的繁殖，便容易引起脚癣。因为旅游鞋大多为平底，所以当人们在行走运动时，身体负荷在脚部的分布不匀，从而会影响到身体重心在脚

▼小学生不能常穿旅游鞋

掌上的平均分布，会影响人体的肌肉、韧带、脊椎、脊柱位置的正常状态。长期下来，对人体的健康是很不利的，尤其是对正在成长发育的少年儿童危害更大。

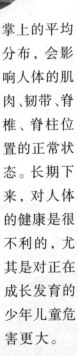

为什么首饰会出现那么多的常见病

1. 首饰表面的缺点。

①金属镀层泛色。K黄金、K白金、银镀金、包金、双色金、三色金，以及一些铜质内材、镀银、仿金和亚银首饰等，用的时间长了，其表面都会边角镀层磨损，甚至表面的色泽中会泛出一些微小的斑点，而随后逐渐扩散成为一大片，最终使整个表面暗淡无光泽。其缘故是，这些首饰当中都含有相当比例的银和铜，然而银和铜

▲黄金首饰

都是非常活跃的金属元素，它们十分容易与空气中的硫元素起化学反应，从而使镀层表面产生一层黑色的硫化银膜和一些铜绿斑点。目前进口的首饰，镀层工艺非常先进，镀层质量大多数非常好，色泽稳定期也非常长。但是国内镀层工艺比较落后，镀层质量也很差，就使这种现象特别突出。

②珠宝光泽暗淡。珠光宝气是珠宝之类首饰所特有的魅

▼珠宝

力。但是佩戴的时间长了，有些钻石、珠宝的表面光泽会变得不再像原来那样光彩迷人。其原因是，任意一种珠宝首饰，在出厂之前的最后一道工艺是全部抛光。其中，除了用细腻的抛磨后段之外，还有一层光亮透明的抛光油镶嵌在珠宝表面细得像针尖的凹陷之中，使珠宝表面的光油像平镜一样照人。佩戴的时间过长，这种抛光油自然挥发，就会使色泽略有暗淡。

▲宝石

同时，在佩戴时经常有灰尘和污物积留在钻石、翡翠等透明宝石的背面上，因此影响了宝石的折光程度。还有的与粗硬之物摩擦以后，珠宝的表面受到一定程度的损伤，也会影响其光泽度。经常佩戴珠宝手镯者，如果穿了硬质的牛仔裤，走路的时候手腕与裤侧经常会摩擦，也会损伤其表面的光泽。

2. 首饰结构的磨损。

①首饰的断裂。断裂是首饰当中比较常见的一种损坏。不但纯金首饰由于过度的柔软容易断裂，而且K金首饰、白银首饰也会因使用过久而变形，因反复弯曲而断裂。珠宝首饰、雕刻类首饰、塑制首饰、陶瓷首饰以及皮绒类首饰之中也都存在断裂的情况。其常见的断裂部位有：戒指中的宝石底座的指轮与花瓣以及戒圈左右的搭花；项链的开启圈和搭钩；挂件的穿项链的挂圈、插销、宝石底座的齿轮以及小花瓣；耳环上的插针和连接着的接链；别针上面的别针脚；手镯链的搭钩、门头与连接链；雕刻类的首饰的镂空花纹以及珠宝类的首饰的扣球与珠串的串绳等等。它们既有经久磨损的自然断裂；也有质量不好出现的断裂；也有由于使用不合理而碰伤的断裂；并且还有脱衣时没有先摘下项链，

▼断裂的首饰

▼金属类的首饰容易变形

②首饰变形。首饰变形比较集中地出现在金属类的首饰、雕刻类首饰及塑制类首饰中。平常出现的毛病有：戒指的指圈不圆，项链的链环变长，挂坠别针的造型变异等。其原由是，金属类与雕刻类首饰主要是由用力过重，或者硬性挤压所导致，而塑料类的首饰则是碰到火、热、烫而走样的。首饰变形，十分严重地影响饰品的外观，其中轻者还可勉强佩戴，重者则使首饰损害而无法使用。

结果连衣带链一起脱去而把项链拉断了的断裂。

为什么不能吃未煮熟的狗肉

▼吃狗肉一定要煮熟

狗虽然多为家养，但它由于常吃被污染的杂食和小动物，所以非常容易患上旋毛虫病。在我国有些地方，狗的旋毛虫感染率可高达50%。吃了没有彻底煮熟还带有旋毛幼虫的狗肉，就很容易感染旋毛虫病。一旦得病，一部分幼虫在十二指肠中发育为成虫，成虫后又繁殖产生大量的新幼虫，随着血流寄生在人的肌肉组织中，会引起肌肉疼痛和萎缩，甚至丧失工作的能力。所以，我们不要吃没有经过彻底煮熟的狗肉。

正确洗蔬菜的方法有哪些

▲片碱

碱洗：先在水中放上一小撮碱粉，搅匀后再放入蔬菜，浸泡5分钟，把碱水倒出来，再用清水漂洗干净。也可用小苏打代替，但应适当延长浸泡时间，一般需15分钟左右。

日光消毒：利用日光的多光谱效应照射蔬菜，会使蔬菜中部分残留农药被分解、破坏。据测定，蔬菜、水果在阳光下照射5分钟，有机氯、有机汞农药的残留量损失达60%。对于方便贮藏的蔬菜，最好先放置一段时间，因为空气中的氧与蔬菜中的色酶对残留农药有一定的分解作用。所以，购买蔬菜后，应在室温下放置24小时左右，这样，残留化学农药平均消失率为5%。

洗洁精洗涤：将洗洁精稀释至300倍清洗1次，再用清水冲洗1~2遍，这样可以去除蔬菜上的虫卵、病菌和残留在上面的农药。

淡盐水浸泡：一般蔬菜先用清水至少冲洗3~6遍，然后泡入淡盐水中，再用清水冲洗一遍。对包心类蔬菜，可先切开，放入清水中浸泡1~2

▲日光能分解蔬菜中的农药

▲淘米水洗菜能除去残留
在蔬菜中的部分农药

清除方法是烫,如青椒、菜花、豆角、芹菜等,在下锅前最好先用开水烫一下。据有关试验证明,此种方法可清除90%的残留农药。

淘米水洗:用淘米水洗菜能除去残留在蔬菜中的部分农药。因我国目前大多用甲胺磷、辛硫磷、敌敌畏、乐果等有机磷农药杀虫,这些农药一遇酸性物质就会失去毒性。所以,在淘米水中浸泡10分钟左右,用清水洗干净,就能有效地使蔬菜残留的农药成分减少。

小时,再用清水冲洗,以清除残留的农药。

开水泡烫:对有些残留农药最好的

吃水果时应注意哪些问题

吃水果要慎防中毒,特别是菠萝、芒果和荔枝等岭南佳果,更要注意。

菠萝含有大量的蛋白酶,有人会对它过敏。这些人吃菠萝之后几分钟到十几分钟,就会出现腹痛、恶心、呕吐和头昏等症状,而且全身出麻疹,严重者还会发生呼吸困难甚至休克。因此,吃菠萝时,要先削好皮,再将切成小块的菠萝肉放入盐水中浸泡20分钟后再食用,这样可以

▼菠萝

有效地预防中毒。

芒果是漆树科植物,过敏体质者食用后会出现面肿唇胀、口腔起泡等症状。预防的方法是:不吃没熟透的芒果和劣种芒果。

吃荔枝后会出现口干舌燥、口腔溃疡和咽干喉痛等症状,若进食过量,还会得荔枝病。但是吃荔枝后喝一碗淡盐水,就可防止荔枝病的发生。

合理饮食的标准是什么

1.每天摄入250～350克碳水化合物,相当于吃300～400克主食。这不是固定的,比如有些年轻人从事重体力劳动,一天就要吃750克。平时工作很轻松又比较胖的人,不用300克,一天吃150克就够了。调控主食可以调控体重,是最好的减肥办法。其中最科学、最有效的减肥法,是饭前喝汤。

2. 一个礼拜吃几次粗粮,玉米面、玉米、红薯这些粗细搭配营养最合适。

不甜不咸是指"清清淡淡才是真"。而且,一定不要吃撑,要吃七八分饱。做到这些就可延年益寿。古今中外,延年益寿的办法不下几百种,但真正公认而有效的能够延年益寿的方法就是多吃低热量膳食。

3. 每天喝一袋牛奶。我们中国人很讲究饮食,膳食结构也有很多优点,但却普遍缺钙,中国人差不多90%缺钙。缺钙会造成以下不良后果:骨疼,缺钙

▼合理饮食讲究饭吃七八分饱

▼吃些粗粮对身体很有好处

的人骨质疏松，容易患骨质增生、腰疼、腿疼、抽筋等毛病，经常浑身疼；驼背；骨折，一摔骨头就断了。所以要补钙，喝牛奶是最好的补钙方法，而且终身都要喝奶。

4. 每天吃500克蔬菜和水果。癌症是人类最惧怕的疾病之一。怎样才能不得癌症呢?预防癌症的最好办法，就是常吃新鲜蔬菜和水果。新鲜蔬菜和水果有一个特殊作用就是防癌，能减少一半以上患癌症的机会。

5. 每天吃三份高蛋白。人不能只吃素，也不能只吃肉。蛋白质不能太多，也不能太少，三四份就好。一份就是一两瘦肉或者一个大鸡蛋，或者二两豆腐，

▲鱼类蛋白好

或者二两鱼虾，或者二两鸡或鸭，或者半两黄豆。鱼类蛋白好。人吃鱼越多，动脉粥样硬化越少，患冠心病、脑溢血的情况越少。植物蛋白以黄豆蛋白为最好。黄豆蛋白不但是健康食品，而且对妇女特别有益，能减轻更年期综合症。

▼喝牛奶是最好的补钙方法

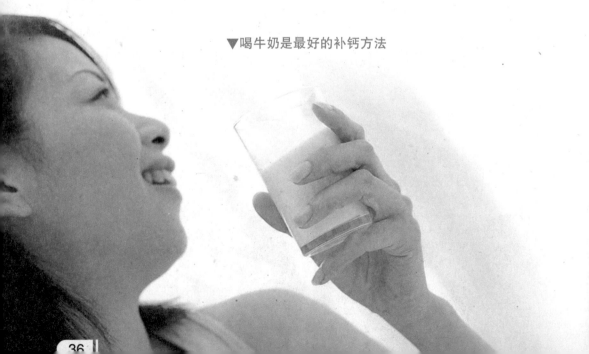

你知道十种最好的食物吗

草莓　味美可口，除可有效地改善肤质、缓解肝及尿道疾病、减轻腹泻外，还可巩固牙龈、清新口气、润喉。其叶和根亦可泡茶。

大豆　"想要长寿，多吃大豆。"它除含有丰富的蛋白质外，还富含其他营养素。

花菜　含有大量的抗癌酶，具有良好的延年益寿的功效。另外还含有钙、铁等有机物质。

酸奶　不仅有助于消化，还能防止肠道感染，提高免疫力，同时含脂低，富含钙、维生素 B_2、红磷、钾及维生素 B_{12}。

红薯　除含丰富的淀粉外，还含大量纤维、钾、铁和维生素 B_6，不仅能防衰

▲大豆含有丰富的蛋白质

老、防止动脉硬化，还能有效地预防肿瘤和癌症。

洋葱大蒜　能降低胆固醇，减少高血压、心脏病发病率。洋葱还可预防结肠癌。

麦芽　麦芽可降低结肠和直肠癌的发病率。麦芽本身无味，食用时可将其溶入麦片或酸奶中。

香菜　富含铁、钙、锌、钾、

▼花菜有良好的延年益寿的功效

▲金枪鱼

利于维持血糖含量,并能防癌。

金枪鱼 其脂肪酸能降血压、预防中风,有效地抑制偏头痛、防治湿疹,缓解皮肤干燥。

木瓜 维生素 C 的含量远远高于橘子,并有助于消化,防止胃溃疡。它有助于消化人体难以吸收的肉类,故可预防肠道疾病。

维生素 A 和维生素 C 等元素,利尿,有

营养最丰富的是哪几种食品

含蛋白质最多的是黄豆,每百克含 36.3 克。

含蛋白质最多的肉类是鸡肉,每百克含 23.3 克。

含磷最多的是炒黄瓜子,每百克含

▼鲜枣

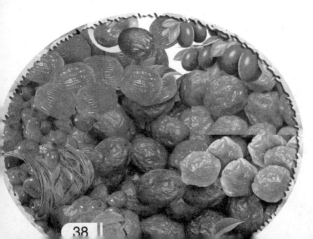

0.67 克。

含钙最多的是小虾皮,每百克含 2 克。

含胡萝卜素最多的是韭菜,每百克含 5.45 毫克。

含铁最多的是黑木耳,每百克含 0.185 克。

含维生素 B_1 最多的是花生米,每百克含 1.03 毫克。

含维生素 B_2 最多的是羊肝,每百克含 3.67 毫克。

含维生素 C 最多的是鲜枣,每百克含 3.08 毫克。

含热量最高的是豆油、花生油、香油,每百克含 1900 千卡。

怕冷的人应该多吃什么

寒冷的冬天对于怕冷的人来说，除了加强体育锻炼、多穿衣服外，还可以多吃些御寒食物，以提高机体的抗寒能力。

多吃狗肉、羊肉、牛肉、鹿肉。它们含蛋白质、碳水化合物及脂肪较高，有益肾壮阳、温中暖下、补气活血之效。吃这些肉可使阳虚之体代谢加快，内分泌功能增强，从而达到很好的御寒作用。

多吃藕、胡萝卜、百合、山芋、青菜、大白菜等。它们含有丰富的无机盐，这类食物还可与其他食品掺杂食用。

多吃辣椒、胡椒、生姜。吃这些辛辣食物可以驱风散寒，促进血液循环，增加体温。

多吃海带、紫菜、海盐、海蜇、蛤蜊、大白菜、菠菜、玉米等含碘食物，可以促进人体甲状腺激素的分泌。甲状腺激素具有生热效应，它能加速体内(除脑、腺、子宫外)绝大多数组织细胞的氧化过程，加速基础代谢，加强皮肤血液循环，抗冷御寒。

多吃动物肝脏、瘦肉、菠菜、蛋黄等含铁食品。人体血液中缺铁也怕冷。贫血的妇女的体温较正常血色素的妇女低 $0.7℃$，产热量少 13%，当增加铁质的摄入后，其耐寒能力明显增强。

▼牛肉可御寒

▼辛辣食物可以驱风散寒

健康自检有哪些方法

能是青光眼；手发抖：看报时手会发抖，可能是甲亢，也可能是帕金森氏病；无法阅读：该向心理医生请教了。

上楼梯时心跳加速而必须停下来休息：心脏功能较弱；胸部憋闷：心闷是危险的

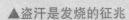
▲盗汗是发烧的征兆

起床时盗汗：盗汗是发烧的征兆，要查明原因；口臭：常常口臭，可能是有胃病。

洗脸时脸色带黄：若还身体疲倦，不排除是黄疸；眼色改变：充血、浑、黄色，应马上看医生。

刷牙时牙龈出血：如果牙齿健康，是不会出血的；想吐：若每天早上都如此，可能是有慢性胃炎。

读报时眼睛痛：看报时眼睛痛，可

▲看报时眼睛痛，可能是青光眼

信号，抽空去看医生。

淋浴后头发容易脱落：头发养分不足或是荷尔蒙分泌异常；黑痣变大：有

时会转成皮肤癌，新长出的痣也要注意；皮肤上出现红斑：若不是因为摩擦所致，可能是肝病的前兆。

指甲反翘：贫血、营养不好；指甲变白：一般是半透明，但肾脏病人为白色；指甲呈半剥落状态：常与糖尿病有关。

睡眠时打鼾：若十分严重有可能是鼻子出了问题；噩梦不断：每晚都被噩梦缠住，大概是心脏功能不佳；头部垫高才能睡着：心脏衰弱者不用高枕头睡不着觉；脚抽筋：若经常因脚抽筋而惊醒，可能是动脉硬化。

▲淋浴后头发容易脱落

脑力劳动者应防范哪些疾病

低头综合症。脑力劳动者常出现出汗、颈肩与上臂酸痛等症状，为防治此病，工作的时候，应该每隔半小时抬抬头，站起来伸伸脖子做做扩胸运动。脑力劳动者睡觉时，枕头应该稍低一些。

肌肉饥饿症。该病主要是由肌肉本身新陈代谢能力降低，肌肉纤维软弱，加上血管壁弹力差、血液供应差造成长期缺氧而产生的病症。最好的防范措施是运动。如果每天坚持以每分钟 100 ～

200 步的速度散步 1 小时，早晚各做一次体操，工作中途再做 1 ～ 2 次肢体伸展运

▼为防止低头综合症，工作的时候，应该每隔半小时抬抬头

▲经常与复印机打交道的人要适当增加食用含维生素 E 的食物

封闭式大楼里办公的人,常常出现头痛、困倦、咳嗽、皮肤瘙痒、眼睛不适等症状。这是由于封闭室内气体中往往含有种种有害物质,所以改善通风设备最为关键。

疲劳综合症。人到中年,家庭和社会负担加重,致使体力、精力都处于高度紧张状态,从而产生头晕、失眠、精神紧张、大便次数增多、乏力、记忆力下降、反应迟钝等症状。对策是合理安排工作与休息;伏案工作一段时间以后,要注意进行一次体力活动;不要经常熬夜,适当增加睡眠时间。

复印综合症。由于复印机的静电作用,空气中产生臭氧,它会使人头痛、头晕、咳嗽等。预防的办法是,复印机要避免日光直接照射,室内空气要经常流通。经常与复印机打交道的人要适当增加食用含维生素 E 的食物。

动,完全可以防治因肌肉缺氧导致的肌肉饥饿症。

高楼综合症。它指置身在现代化

▼高楼

▼为防止肌肉饥饿症,最好的防范措施是运动

食品中的美容
"良药" 有哪些

许多普通食品不但口味鲜美,同时还有很好的药疗作用,其实就是护颜美容的"良药"。

大豆、牛奶、瘦肉、鱼、蛋类富含蛋白质,经常食用可促进皮下肌肉的生长,使皮下肌肉更为丰满而富有弹性,可防止皮肤松弛,减少皱纹的产生。

芝麻、核桃、大枣、植物油等食品中富含维生素 E,可以增强组织细胞的活力,防止皮下脂肪氧化,预防皮肤干燥,减少色素沉着,使皮肤细腻光滑。植物油中还含有被科学家们称作"美容酸"的亚油酸,能滋养皮肤,嫩肤防皱。

猪蹄、猪皮也有很好的美容作用。它们含有丰富的大分子胶原蛋白质,可使组织

▼核桃富含维生素 E

▼饮食美容

细胞内外的水分保持平衡,使皮肤组织细胞变得柔软湿润。

猪肝、羊肾能保持女性颜面红润娇美,补充人体需要的微量元素铁,可防止人体因缺铁性贫血引起的面色苍白、萎黄。

萝卜、西红柿以及杏、桃、苹果、西瓜含有较多的维生素和矿物质,可增强皮肤的弹性、柔韧性和色泽,可防止皮肤干燥、干裂。

43

▼多喝水可促进新陈代谢和血液循环

櫻桃、玉竹、豆芽等均有一定的养颜护肤作用。尤其是豆芽，含有丰富的防止皮肤衰老起皱、保持皮肤弹性的维生素 C，并含有防止皮肤色素沉着、消除黑斑黄褐斑的维生素 E，有"护肤之花"的美称，是养颜之佳品。

此外，水是皮肤美容不可缺少的重要物质。多喝水可促进新陈代谢和血液循环，加速毒素的排泄，防止皮肤干燥及皮肤油脂过多阻塞毛孔，使皮肤保持湿润。

献血应注意哪些问题

1988 年 10 月 1 日，国家颁布实行无偿献血法，号召公民无偿献血。推行无偿献血法，可以有效地保障血源质量。

那么献血对人体有危害吗？哪些人不能献血？献血前后应注意哪些问题呢？

一、献血对人体有无害处？

▼无偿献血对医学发展很重要

▼献血证

生理知识告诉我们，一个健康人的血液，约占人体重量的8%左右。也就是说，一个体重50公斤的健康人，约有4000毫升的血液。平时，80%的血液在心脏和血管里流动，以维持正常的生理功能，还有20%的血液储存在肝脾等脏器内。一旦失血或在体力活动增强时，这些储备的血液就会进行血液循环。一个人一次献血200毫升（仅占血液总量的5%左右），由于储备血液的补充，血容量在几分钟到几十分钟就可恢复正常；血浆蛋白由于肝脏合成功能的加速，一两天就能恢复正常；血小板、白细胞和红细胞，虽然制造过程长而复杂，但也能够在几周内恢复原状。

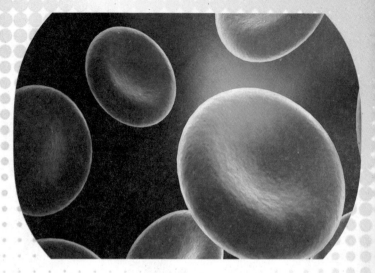

▲血细胞

经研究发现，一次输血200～400毫升，血象仅有轻微的变化，绝大多数都可在一个月左右恢复正常。一个健康成人在短时间内失去800毫升血液，除稍有头晕外，没有其他不舒服的感觉，而且可以自动康复。人体的血液，每时每刻都在新陈代谢，也就是说，即使是在不失血的情况下，血细胞也在不断死亡和被破坏。献血以后，由于人体造血器官的代偿作用，失去的血细胞很快就会得到补充，恢复原状。所以，只要按规定献血，对身体健康是不会有任何影响的。

二、献血对人的身体有好处吗？

一般每4个月人的血红细胞就需更新一次，献血会刺激骨髓的造血功能，促进新陈代谢，增加新生血细胞，使各项生理指标加强，故献血有利于身体健康。经常献血还可以预防心脏病，这主要与献血者体内储存的铁质

▼献血有助于血液新陈代谢

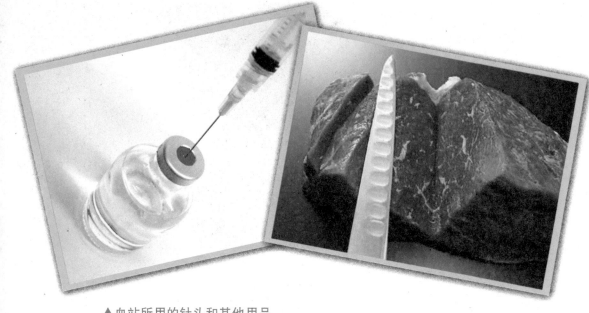

▲血站所用的针头和其他用品都是经过严格消毒或一次性的

▲献血以后应注意摄取营养

流失有关。轻微的铁质不足能降低患心脏病的危险性,而体内铁质过量将增加心脏病的发病率。

三、献血前后应注意什么?

献血的前一天晚上不要饮食过量,要保证充足的睡眠。不要过度疲劳,

▼献血的前一天晚上要保证充足的睡眠

献血当天思想要放松。献血后,要注意休息,保持良好的情绪,避免剧烈的活动,增加营养(如瘦肉、鸡蛋、动物肝等)和水分,这有利于血液的恢复,但不应暴饮暴食。献血后,针眼周围有青紫现象,可做一下热敷,过几天即可消退。

四、献血后需要大补吗?

大可不必。因为献 200 ~ 400 毫升的血从生理角度来讲,对身体没有任何影响,如果过于进补则会使身体发胖,造成脂肪堆积。

五、献血会传染疾病吗?

这是绝对不可能的。血站所用的针头和其他用品都是经过严格消毒或一次性的,是绝对安全的。

怎样选择保健牙刷

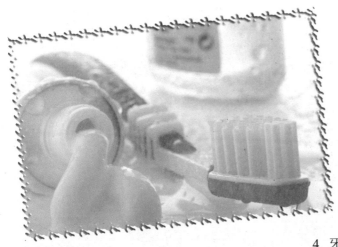

▲牙刷

龋齿是牙齿防治的重点,龋齿形成的祸首是牙斑菌,普通牙刷很难清除牙斑菌,只有使用保健牙刷才能起到良好的效果。那么,怎样选购保健牙刷呢?专家指出,保健牙刷应具备如下特点:

1. 刷头要小。成人牙刷刷头一般不超过 30 毫米,中小学生及婴幼儿牙刷的刷头更小,要达到能够在口腔中灵活旋转、刷到牙齿的各个部位的标准。刷毛排列合理,毛束之间有适当距离,既利于有效清除牙斑菌,又可使牙刷本身易清洗保洁。

2. 刷毛要由优质尼龙丝制成,细软而有弹性。尼龙丝的直径一般在 0.18 ~ 0.20 毫米,吸水性差、易干燥,毛束挺拔,互相平行。

3. 每根牙刷毛的顶端要做磨毛处理,呈半圆形,表面光滑,无毛刺,可减少对牙面的损伤,而且对于牙龈无刺激,能很好地抚摩牙龈。

4. 牙刷柄长度、宽度适中,要便于把握,且有防滑设计。

5. 要有独立的包装,避免消费者选择时,直接触摸造成污染。

总之,选购保健牙刷,要根据自身的年龄和口腔大小而定,一般保健牙刷的刷柄上印有"X岁~X岁"的字样,消费者可以参照此标识选购。

▼中小学生及婴幼儿牙刷的刷头更小

治牙痛的小偏方有哪些

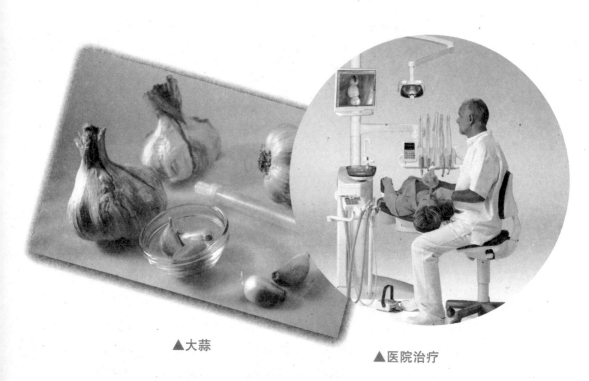

▲大蒜

▲医院治疗

1. 牙髓炎、牙周炎、牙痛:将大蒜捣烂,温热后,外敷疼处。

2. 虚火牙痛:冰糖100克,清水1碗,放入锅里煮成半碗,一次服完,每日2次,有清热、退火、止牙痛之效。

3. 风火牙痛:白菜洗净捣烂,用纱布挤汁,将菜汁滴入牙齿,数量少许不宜多。

4. 风虫牙痛:独头蒜去皮,放炉上煨热,趁热切开,外熨痛处,蒜凉了再换,连续数次有效。

5. 蛀牙痛:味精与温开水1比50溶化,含液然后吐出,连续数次,牙痛会减轻或消失。

6. 普遍牙痛:白酒与食盐10比1化开,含液然后吐出,不下咽,连续数次,牙痛可立止。

7. 消炎止痛方:陈醋120克,花椒6克,用水煎开放凉,含漱数次可消炎止痛。

舌头为什么也需要清洗

▲清洁牙齿的同时不要忘了清洁舌头

舌头是口腔内的一个重要器官，如果不进行正确的清洁和护理，会形成黄而厚的舌苔，容易增加唾液的黏度，使胃火上蒸，从而导致口腔异味、急性牙周炎、急性牙龈红肿、出血等症状。舌头的健康是整个口腔健康的一部分，故在漱口洁齿时，千万别忘了清洁舌头。

为此，必须掌握正确的去除不良舌苔的方法。个人依据各自的不同情况，每月清洁舌头的次数也不尽相同。每次清洁时，最好在牙刷上放置一点牙膏，稍用力按摩舌面，每次约50秒，时间不宜过长。这样能预防舌炎、舌面溃疡；对于炎症初期的舌头有消炎、按摩、收敛之作用；但对已经有病变的舌头，如地图舌、裂纹舌等则无能为力。反之，若盲目清洁舌头，或用牙刷直接刷舌面，甚至用牙刷柄刮舌苔，都会使舌面上的菌状乳头、叶状乳头受到刺激而产生炎症。

▼清洗舌头

怎样预防冻疮

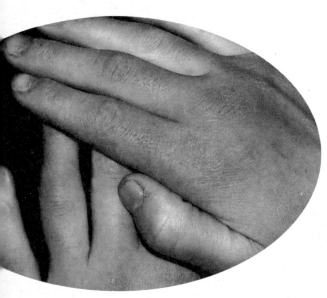

▲冻疮

冻疮,虽然算不上什么大病,但发作起来真让人痒痛难忍。怎样预防冻疮呢?可用冷水浸泡常发生冻疮的部位,如手和脚。开始每天浸泡半小时,以后可以延长到 1 小时。其次是应注意局部保暖,如外出时使用口罩、手套、防风耳套、围巾等。鞋子也应穿得暖暖的,但不宜过紧。临床表明,局部按摩是预防冻疮最好的方法,包括四个方面:

手按摩:两手合掌,反复搓摩,使其发热,然后左手紧握右手手背用力摩擦一下,接着右手紧握左手手背摩擦一下,这样反复摩擦15 ~ 20次。

脚按摩:坐床上,腿伸直,两手紧抱左大腿根,用力向下擦到足踝,然后抱右大腿根,一下一上为1次,共擦 15 ~ 20次。

脚心按摩:屈膝,脚心相对,左手按右脚心,右手按左脚心,两手同时用力,反复按摩 15 ~ 20次。

臂按摩:右手掌紧按左手臂里边,然后用力沿内侧向上擦到肩膀,再翻过肩膀,由臂外侧向下擦至左手手背,这样为1次,共做 15 ~ 20次。左手做法与右手相同。

▼局部按摩是预防冻疮最好的方法

▲刮痧治疗

常见的家庭误治有哪些

口苦刮舌苔：有的人得了病，特别是肝胆胃肠疾病，常见舌上长有黄白苔，自觉口苦厉害。于是，便于每日起床后，用竹片或小刀，轻轻将舌苔刮掉。这种办法，也许会使口苦之症暂时好转，但会伤及舌上的味蕾，使食欲减退。而且，舌苔是诊断疾病的根据之一，将它刮掉，有可能掩盖症状或造成误诊，影响治疗，实属因小失大。

刮痧不循经：头痛、腰背痛及手脚痛时，家中有人会替你作刮痧治疗。这种用铜钱或瓷片蘸食油的刮痧法，是根据中医经络学而制定，一定要循经取穴地进行治疗，才会有效。但一般人不知道这一点，或上或下，或逆或顺地乱刮一气，不但没有治疗效果，反会使人体经气紊乱，造成许多变症。

腹痛揉肚子：孩子一喊肚子疼，家长就喜欢在他们肚子上揉摸。也许，病痛是因饮食过量或消化不良引起的绞痛，揉肚子后，胃肠蠕动增快而使病痛

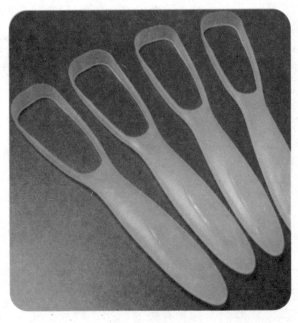

▲舌苔清洁器

减轻。但是，腹痛的原因很多，乱摸揉肚子可刺激蛔虫乱窜，或穿破肠壁，或钻进胆道，危害很大；患化脓性阑尾炎的孩子，被家长摸揉肚子时，有可能因重压而使脓处破裂，引起细菌扩散，发生腹膜炎，甚至可能因此而危及生命。

哪些人要特别保护牙齿

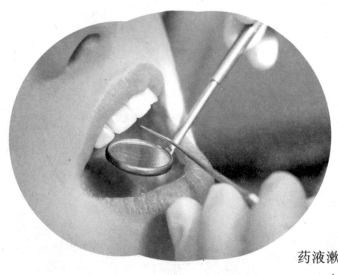

▲糖尿病患者应,每3～6个月进行一次牙周病治疗

糖尿病患者。一般来说,有5年以上病史的糖尿病患者,大都患有牙周炎,且病情发展较快。口臭明显,牙齿松动,牙齿周围时常有脓液溢出。糖尿病患者要高度重视口腔卫生,每3～6个月进行一次牙周病治疗,防止牙痛之苦,而且还可明显延长牙齿的使用时间,减少牙齿松动脱落。

胃病患者。牙齿不好的人易患胃病,反之,胃病患者也易患牙病。胃病患者要保证早晚刷牙两次,反胃酸时要马上漱口,同时,牙齿缺损应及时修补。

血液病患者。各种类型的贫血、血小板减少、白血病等血液病患者易并发牙周炎和牙龈出血,也容易发生口腔粘膜感染,许多血液病患者由于口腔并发症而使病情加重,最终导致死亡。因此,病情较重的患者每天要用药液漱口,防止牙齿感染和牙龈出血。

身体素质较差的幼儿。一般来说,婴幼儿身体素质较差,往往容易发生龋齿。因此,身体素质较差的儿童是预防龋齿的重点人群,可以采用氟离子透入、防龋凝胶等措施预防龋齿。

▼反胃酸时要马上漱口

▲孕妇要注意保护牙齿

孕妇。孕妇是最容易发生牙病的人群，多数孕妇在怀孕期间并发妊娠期牙周病。少数孕妇会发生牙龈血管瘤，孕妇刷牙时特别容易出现牙龈出血，也容易发生牙周脓肿和牙痛。俗话说，"生一个孩子，掉一次牙"，可见孕妇是非常容易发生牙病的。实际上，孕妇只要在怀孕之前进行一次牙齿清洗，那么孕期内就不会并发牙病了。

更年期的妇女。50 岁左右的妇女，由于体内雌性激素减少，会引起牙周组织的萎缩，因此，更年期妇女应多摄入含钙多的乳制品，也可进行牙龈按摩，从而使牙齿更加稳固。

怎样克服失眠

1. 努力静下心来。反正睡觉前也解决不了所有问题，应当用"明天再说"来安慰自己。

2. 每天入睡和起床的时间都争取一样。尽量早些躺下，前半夜睡一小时比得上后半夜的两小时。

3. 晚饭不能吃撑。避免吃油腻的食物，最好只吃蔬菜、水果，喝果汁。

4. 饭后散步半小时，能使精

▼饭后散步半小时，能使精神放松

▲牛奶中含有促进睡眠的物质

神放松,在屋里溜达也行。

5. 泡个热水澡,水的温度不应超过37℃,水太热有刺激作用。无法泡澡的人可以用热水泡泡脚。

6. 倒一杯热牛奶,放进一勺蜂蜜,慢慢地用吸管吸着喝。牛奶中含有促进睡眠的物质。喝一小杯红葡萄酒也有助于睡眠。

7. 用一块深色布蒙上双眼。这种颜色对睡眠大有益处。

8. 回想您经历过的美好的事情,尽量再现每一个细节。

9. 想象美好的大自然风光:潺潺流水、绿树成荫、鲜花遍地。

10. 用棉布缝制一个枕套,枕芯填入葎草果以及捣碎的薰衣草、薄荷。枕套角抹上老鹳草、蜜蜂花、薰衣草和艾蒿制成的油。

11. 按下述顺序放松肌肉:先是脚趾,然后脚掌、膝盖、大腿,同时手也是从手指开始,感受到指尖的血脉跳动,整个身体如释重负。

12. 按摩耳垂中间的睡眠穴。

13. 买一个好闹钟:我们经常因害怕听不到闹钟声而睡不实。

14. 睡前看枯燥无味的书也是个好办法。

▼薰衣草香有助于睡眠

冬天不当的防护措施有哪些

▲围巾当口罩是不科学的

围巾当口罩。用大围巾将头嘴包上，既使呼吸不顺畅，又会将附着在围巾上的细菌吸入口腔中，特别是过敏体质的人，吸入羊毛等有机纤维后，很容易诱发哮喘。

戴口罩防冷。鼻粘膜里的血管丰富，有许多海绵状血管网，血液循环十分旺盛，冷空气经鼻腔吸入肺部时，一般已接近体温。人的耐寒能力可通过锻炼来增强，如果经常戴口罩防冷，反而会使人体变得娇气，更容易患感冒。

饮酒御寒。饮酒后浑身有发热的感觉，是酒精扩张血管散发人体原有热能的结果。酒劲过后，热量散出体外，会使人浑身起鸡皮疙瘩，即"酒后寒"。

蒙头睡觉。把头蒙在被里，虽可躲开往里钻的冷空气，但是供呼吸的氧气会越来越少，二氧化碳却越积越多，醒后反而感到昏昏沉沉，

▼口罩

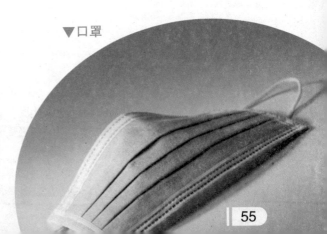

当遇上热水时则迅速扩张，但热气一过后，低温重新作用，毛细血管恢复原状，这样一张一缩，容易使人产生皱纹。

舔嘴唇防裂口。冷天嘴唇容易发干，裂口。有人常用舌头舔唇，以为可以防止嘴唇干裂，其实这样做，恰似抹上了一层浆糊，水分蒸发以后，嘴唇会更加干燥，更容易发生唇干和裂口。

▲冬季热水洗脸容易使人产生皱纹

疲乏无力。

热水洗脸。冬天，人的面部在冷空气的刺激下，汗腺毛细血管呈收缩状态，

哪些药物会吞噬你的美丽

影响美容的因素有很多，比如年龄、饮食、睡眠等。随着对药物副作用的研究，许多药物对人的健美的影响，越来越受到人们的重视。

影响头发的药物。有些药可引起毛发脱落、头发变白和多毛症，其中脱发最常见。某些抗菌素、抗代谢制剂及阿斯匹林、消炎痛、呋喃嘧啶、呋喃妥因等都可能导致脱发。服用维生素，剂量过大引起中毒后，头发、眉毛和全身的汗毛均有可能脱落。而氯喹

▼各种药物

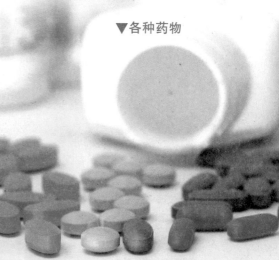

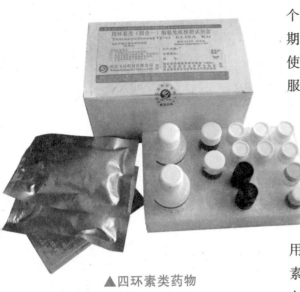

▲四环素类药物

可致头发、眉毛、睫毛和阴毛变白；雄性激素、酚噻嗪可致多毛症。

影响皮肤颜色的药物。许多药物能导致服药者皮肤色素沉着或出现斑点。如阿的平、氯喹璜胺类、促皮质激素及科眠灵等药，可引起皮肤出现暂时或永久性的黄色、黄褐色、棕褐色、青灰色等色素沉着。还有相当一部分药物可引发皮肤过敏、药物性皮炎，如磺胺类、安眠及解热镇痛药等。而青霉素、鲁米那、磺胺类、四环素等药物还会引起"药物性红斑狼疮"，导致患者面部出现十分难看的"蝴蝶斑皮疹"。

影响形体的药物。如果长期服用肾上腺皮质激素，会使大量的脂肪堆积于面、颈、背部，形成"满月脸"、"水牛背"即向心性肥胖；而四肢肌肉则出现萎缩，使整

个体形极不匀称。另外，女性患者若长期服用雄性激素或安体舒通等药物会使乳腺不发达，乳房松弛；相反，若长期服用绒毛膜促性腺素、雌激素、雷米封、氯丙嗪、利血平、甲氰脒胍等会使乳腺过度发育，尤其影响男子的形体美。

影响牙组织的药物。四环素类药物容易沉积于婴幼儿的骨骼和牙齿组织中，新生儿即使短期服用四环素类药物，也极易引起乳牙的色素沉着和牙釉质发育不全，造成儿童永久性黄牙，严重者可致牙齿的实质性缺损。此外，含汞、铝、钾的药物会使牙龈发炎变黑；而含铬及其化合物的药物可使鼻梁塌陷。

▼女性患者若长期服用雄性激素或安体舒通等药物会使乳腺不发达

保持心理健康的方法有哪些

世界卫生组织对健康下的定义是："健康不但是没有身体疾病，还要有完整的生理、心理状态和社会适应力。"

心情愉快。情绪不佳，会降低人体免疫力，易诱发许多疾病。因此，要心胸开朗，保持良好的心理状态。

合理用脑。常读书看报，勤思考，不但会解除烦躁，还可使脑力活动旺盛，推迟脑细胞的退化。

正确对待疾病。定期检查身体，如发现患有某种疾病，应及时治疗，切勿紧张、疑虑，更不要恐惧、悲观、失望。

家庭和睦。少固执己见，多尊重对方，不要唠叨没完，家庭气氛和谐、关系融洽，生活才会幸福美满，从而促使心理健康。

开拓兴趣。要培养兴趣，要有爱好，特别是退休在家的人，不要无所事事，可以绘画、练书法、听音乐、下棋等。

合理饮食。多吃五谷杂粮和蔬菜、水果，少食油腻和食盐。

充足睡眠。一旦疲劳过度，生理机能就恢复较慢，故应适当增加睡眠时间。

与人交往。保持正常的人际关系，宽容、友善；助人为乐、积德行善；常与亲朋好友谈心，交流感情。

▼情绪不佳，会降低人体免疫力

▼常读书看报，勤思考，可以解除烦躁

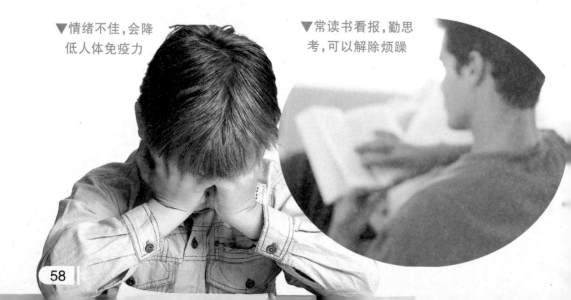

哪七种心态使人活得累

1. 以抱怨的态度对待生活中的事情，愤世疾俗，很少获得满足感。

2. 经常怀疑别人的所作所为包含不良动机，心胸狭隘，难与人沟通。

3. 拒绝尝试新的事物，以消极、被动的态度对待生活。

4. 企图取悦所有的人，让别人牵着自己的鼻子走。没有做人的原则，凡事都听命于人，无主见。

5. 对自己要求过高，脱离实际，久经拼搏也无法实现，挫折感由此而生，以致最终意志消沉。

6. 希望别人能围着自己转，以我为

▲不要由于工作的压力而烦恼

中心，听不进不同意见，爱发号施令，知错不改。

7. 依赖他人，无病呻吟，小病大养，时时处处都希望得到别人的关心和照顾。

▼要以积极的心态面对生活

如何消除孤独感

▲孤独，并非指单独生活或独来独往

人接触，从而造成孤独。这如同作茧自缚，自卑这层茧不冲破，就难以走出孤独。其实，人与人不可相比，每个人都有长处和短处。所以，一个人只要自信一点，就会钻出自织的茧，从而克服孤独。

多与外界交流。独自生活并不意味着与世隔绝，虽然客观上与外界交流会有困难，但依然可以通过某些方式达到交流的目的。如当你感到孤独时，可看看你的影集，也可给某位久未联系的朋友写信、打个电话或请几个朋友吃顿饭、聚一聚。当然，与朋友的交往和联系，不应该只是在你感到孤独时，要知道，别人也和你一样，需要时时体会到友谊的温暖。

孤独，并非指单独生活或独来独往。一个人独处，也许并不感到孤独，而置身于茫茫人海之间，未必就没有孤独感产生。真正的孤独是指在思想上没有情感和思想交流的人。当然，每一个人都有孤独的时候，但并非每个人都能消除孤独感。那么，如何才能消除孤独感呢？

克服自卑。由于自卑而觉得自己不如别人，所以不敢与别

▼孤独者应多和外界交流

有些人遇到挫折，心情不好，但又不愿向别人倾诉时，常常会跑到江边或空旷的田野，让大自然的清风尽情地吹拂，心情就会逐渐开朗起来。

确立人生目标。现代人越来越害怕自己跟他人不一样，害怕在不幸时孤独、孤立无援，害怕自己

▲在与他人相处时，无论是什么样的情境下，都要做到真诚

真诚地与人交往。与人们相处时感到的孤独，有时会超过一个人独处时的十倍。这是因为你和周围的人格格不入。例如，你到一个语言不通的地方，由于你无法与周围的人进行必要的交流，也无法进入那种热烈的情感中，所以，你在他人热烈的气氛中会感到倍加孤独。因此，在与他人相处时，无论是什么样的情境下，都要做到真诚，并设法为他人做事，你应该懂得在温暖别人的同时，也会温暖你自己。

享受生活。生活中有许多活动是充满了乐趣的，只要你能够充分领略它们的美妙之处，就会消除孤独。如

▲一个人时要学会给自己放松

不被人尊重或理解，这种由激烈的竞争导致的内心脆弱恐慌，无疑使一些人越来越孤独，心灵也越脆弱。那么要克服这种恐慌与脆弱，就必须为自己确立一些人生目标，培养和选择一些兴趣与爱好，一个人活着有所追求，就不会感到孤独了。

晒被子时应注意哪些问题

忌拍打　棉花纤维短而且容易断碎；合成纤维细长易变形，拍打后纤维易紧缩难复原，甚至造成板结，失去原有的柔软性。

忌长时间曝晒　棉被在太阳光下晒几小时即可，若长时间曝晒，会使棉纤维变形，合成棉的被子更忌长时间曝晒。

忌被面直晒　化纤面料被面在太阳下直接曝晒易褪色，应在被面上蒙上一层薄布或纱布。羊毛被和羽绒被则无需经常晾晒。较合适的晒被时间是上午 10 时至下午 2 时左右。

▼凉晒被子

▼毛被和羽绒被则无需经常晾晒

第2章

防卫自救教育具有重要的现实意义。训练少年儿童树立自护意识,掌握自护技巧,可增强学生珍爱生命、注重防范的意识,可提高防范事故、紧急应急的实际能力,可最大限度地保障和维护自己和他人的人身、财产安全。

防卫自救

野外游泳时溺水怎么办

▲游泳

意。有旋涡的地方，一般水面常有垃圾、树叶杂物在旋涡处打转，应尽量避免接近。如果已经接近，切勿立着踩水，应立刻平卧水面，沿着旋涡边，用爬泳快速地游过。因为旋涡边缘处吸引力较弱，不容易卷入面积较大的物体。

靠近岸边或较浅的地方，一般常有杂草或淤泥，游泳者如果不幸被水草缠住或陷入淤泥怎么办呢？

▼野外游泳应首先掌握水域中的复杂情况

有的同学喜欢到天然的江、河、湖、海等野外场所游泳，这些地方没有安全保护措施，所以应首先掌握这些水域中的复杂情况，是否有暗礁、水草、淤泥和旋涡，如稍不小心，就可能发生意外。

河道突然放宽、收窄处和骤然曲折处，水底有突起的岩石等阻碍物，有凹陷的深潭，河床高低不平等地方，都会出现旋涡。山洪暴发、河水猛涨时，旋涡最多。海边也常有旋涡，要多加注

首先要镇静,切不可踩水或手脚乱动,否则就会使肢体被缠得更难解脱,或在淤泥中越陷越深。用仰泳方式(两腿伸直、用手掌倒划水)顺原路慢慢退回。或平卧水面,使两腿分开,用手解脱。如随身携带小刀,可把水草割断,不然试试把水草踢开,或像脱袜子那样把水草从手脚上捋下来。自己无法摆脱时,应及时呼救。摆脱水草后,轻轻踢腿而游,并尽快离开水草丛生的地方。

▲水草

游泳时不慎呛水或耳朵进水怎么办

不慎呛水时千万不要恐慌,在水面上闭气静卧一会儿,再把头抬出水面,调节呼吸动作,很快就会恢复正常。如果心慌,不能控制自己身体的平衡,再次接二连三地发生呛水,就可能会引起喉头痉挛,造成溺水,有生命危险。

有时游泳过程中耳朵会进水,当右耳进水时,上岸后把头向右侧歪,左手掌堵紧左耳,右脚用力单跳几次,水就会很快出来。反之,左耳进水时,以相反的方向进行即可。

▼游泳不慎呛水时不要恐慌

▲化学实验

做实验时化学药品
溅入眼睛怎么办

做化学实验时，不小心将化学药品溅入眼睛，应马上用水冲洗眼睛，并确保双眼睑下方有水进入。不要用水以外的任何东西处理眼睛，更不能用毛巾擦眼睛。

如果当时你找不到水龙头，可以用杯中的水冲洗眼睛15分钟，并确保水进入眼睛内角。应使水先进入眼睛，再流出眼睛。如果戴隐形眼镜，应摘掉后再冲洗。冲洗后用干净的棉布覆盖眼睛，并包扎覆盖双眼，要最大限度地减少眼睛的活动。

▼实验室试管

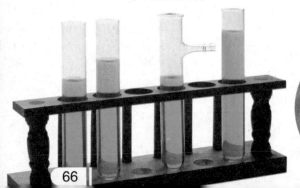

▼水龙头

眼睛里进了东西怎么办

▲眼睛的角膜十分敏感

在室外遇有刮风时，有些东西常落入眼里，例如灰尘、砂粒、煤屑、碎玻璃、谷皮、飞虫以及铅笔木屑等。当这些异物进入眼睛时，眼睛的角膜十分敏感，立刻出现疼痛、流泪、睁不开眼等症状。这时千万不要用手揉眼，因揉眼有时会擦伤角膜，甚至会将异物嵌在角膜内不易脱落，反而加重损伤，影响视力。同时，若将手上的细菌带入眼内还会引起发炎。

正确的做法是：轻轻地闭上眼睛，过几分钟后，用手轻提上眼皮，一般附在表面的异物可随眼泪自行排出。如果异物不能自行排出，而且还有磨痛，异物可能在上眼皮里面的睑结膜上，可把眼皮翻过来找到异物，用湿棉棒或干净手绢等柔软物轻轻擦掉，磨痛会立刻消失。如果翻过眼皮仍未找到异物，那异物可能是在角膜上，这时千万不要自己取，必须到医院去治疗。有时异物排出或取出后，眼睛仍感磨痛不适，这是因为角膜上有伤。只要确实无异物，滴上一些抗生素眼药水及眼药膏，便可很快恢复正常。

▼抗生素眼药水

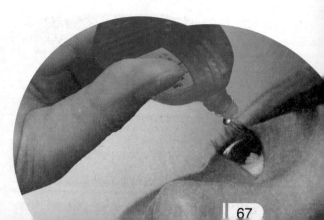

▲眼睛被扎伤时,不应用水冲洗

眼睛被扎伤怎么办

遇到这种情况千万不可用水冲洗眼部,以免污物进入伤口加重伤口感染。也不要自行拔除,以免造成不能补救的损失。要用绷带把双眼包扎,以免眼球转动,千万不可碰触或挤压伤眼。然后用一次性的干净纸杯或塑料杯盖在眼睛上,以最快的速度,去医院眼科及时就诊。

被铁钉扎伤了怎么办

人们在劳动或走路时,往往因为不留神,而被外露的铁钉扎伤。一般不会扎得很深,但不要以为这是小伤而不予处理,要知道,正因为伤口小、出血少,脏东西才不易排出来,才更容易引起化脓感染和发生破伤风。

▼包扎伤口

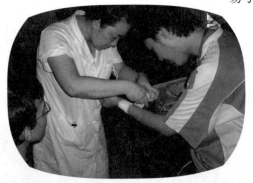

如果扎伤的是脚部,首先应迅速将铁钉拔出,然后用双手大拇指轻轻将伤口内的血挤出来,或用干净的较硬的木条抽打伤口,让伤口内带菌的脏东西随血排出。然后用碘酒或酒精进行局部消毒,再用消毒纱布对伤口进行包扎。

伤口处理完毕,再到医院治疗。被铁钉扎伤者一定要在12小时以内注射破伤风抗毒素,因为一旦染上破伤风,治疗是很困难的,大多数会有生命的危险。

坐飞机时遇险怎么办

▲飞机迫降

枕头或毛毯上,双臂抱住大腿。脱下鞋袜,摘下眼镜,保证身上没有任何尖利、坚硬的东西;为顺利走出舱口,千万不要在走出机舱前吹起救生衣;由于机尾跌毁的可能性较大,所以在机组人员的指挥下,尽可能坐在前舱。

▼跳伞对跳伞者有很高的要求

虽然飞机遇难的几率很小,但也偶有发生。当飞机在空中发生故障时,通常采取迫降的办法。迫降一般尽可能在海上进行,客机不采用跳伞的办法,因为那是极不安全的,而且对跳伞者有很高的要求,这是一般的乘客不能做到的。迫降时一定要保持头脑冷静,坚决服从机组人员的命令,在飞机着陆前应做以下防护措施:严格按照规定竖直坐椅靠背,尽可能束紧安全带,屈身向前,脸趴在

被狗咬伤怎么办

不管是疯狗，还是正常狗，都带有对人体有害的细菌。事发后，应迅速、就地用大量清水反复冲洗伤口。若周围一时无水源，那么可先用人尿代替清水冲洗，然后再设法找水。

就时、就地、彻底地冲洗伤口，是处理伤口的关键，切不可忘了冲洗伤口，或者马马虎虎冲洗一下，甚至涂点红药水包扎好伤口就上医院，这些做法都是不对的。被狗咬伤的伤口往往是外口很小，但深入里面，这就要求冲洗的时候尽可能把伤口扩大，并用力挤压周围软组织，把沾污在伤口上的狗的唾液和伤口上

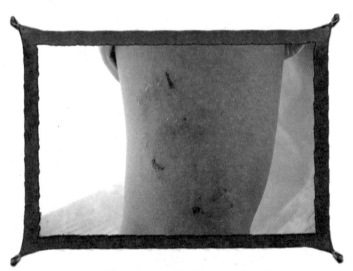

▲被狗咬伤了不要自己包扎伤口

的血液彻底冲洗干净。如果伤口出血过多，还应设法立即使用止血带，然后再送医院急救。而且千万不要包扎伤口。

▼狗都带有对人体有害的细菌

烧伤后怎么办

不小心被火烧伤时，应尽快脱去着火或被沸液浸渍的衣服，尤其是化纤衣服。以免着火衣服和衣服上的热液继续作用，避免创面加大加深。应迅速卧倒在地，慢慢地在地上滚动，熄灭火焰。不要在衣服着火时站立或奔跑呼叫，以防增加头面部烧伤后的吸入性损伤。迅速离开密闭和通风不良的现场，以免发生吸入性损伤和窒息。把棉被弄湿迅速覆盖着火处，使火势减小。

▲不要在衣服着火时站立或奔跑呼叫

▼喷雾型伤口护理剂

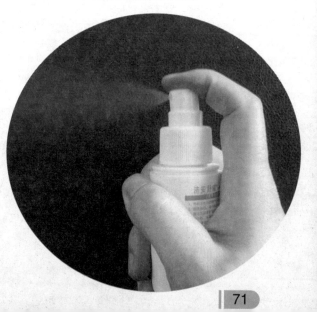

一般热力烧伤后及时冷疗，可防止热力使创面加深，并可减轻疼痛、减少渗出和水肿。方法是将烧伤创面在自来水龙头下淋洗或浸入水中，水温一般为 15℃ ~ 20℃，气温高时可在水中加冰块，后用冷水浸湿的毛巾、纱垫等敷于创面，一般持续到冷疗之后没有剧痛的感觉为止，一般为 1 小时左右。冷疗一般适用于程度较轻的烧伤，特别是四肢的烧伤。大面积烧伤可适当使用镇静剂，如吗啡、杜冷丁等药品治疗。

▲陡峭的山崖

风雨中迷路怎么办

如果带有救生装备,可留在原地等待雨过天晴再找寻路线,如没有救生装备,就不要留在原地,应迅速离开。当遇到陡峭的山崖时,应该绕道而行,循着潺潺的水声沿溪流下山。溪涧的流向一般也是下山的路线,但不要贴近溪涧而行,因为山上流水浸蚀河道的力量很强,河岸都非常陡峭,容易发生危险。同时不要走近长着浅绿、穗状草丛的洼地,那里很可能是沼泽。下山时,留意有没有农舍或其他可避风雨的地方,小径附近通常都可找到藏身之所。

▼湿地沼泽的秋天

怎样识别街头骗术

▲街头骗术

低比率兑换外币。这种骗子利用一些人对外币不是很了解,谎称自己拿的是澳币、马克、里拉等,由于手头缺钱,不得不用很低的比率进行兑换,其间往往还有自称银行职员的人上前证实这些外币的真实和实际价值。

兜售多功能电子管。把廉价的电子管说成是多功能电子管,可接收很多电视节目,市面价值可达几十元,而他急需钱,只好以5到10元的低价卖出。

捡钱私分。骗子故意将一个钱包掉在地上,然后捡起来问是不是你的。如果你说不是,他便会说既然是我们俩共同发现的,不如平分好了,

等到你分到钱,就会出现一个人说钱包是他的,你不但分不到钱,往往还会搭上自己的钱。

假冒贵重药品。骗子用廉价药品,谎称是一珍贵药品或高级补品,包治百病,在市场上难以买到,鼓动人们用现金低价买入后高价卖出,从中牟取暴利。

借打手机。邀请认识不久的朋友到餐厅或公共场所吃饭或谈生意,见面后,谎称自己的手机没电,但又急需与人联系,遂借用手机,趁你不注意时,携手机逃之夭夭。在医院里谎称亲友发生突发事件,

▼街头骗术之一——象棋

急需与家人联系，向你借打手机，到手后借机逃走。

假扮出差丢钱。谎称自己是外地公司职工，外出考察，结果钱包被偷，要求借钱帮助解决困难，并真诚地要求留下你的联系方式，表示日后一定还钱，以此骗取你的财物。

▲借用手机，趁你不注意时，携手机逃之夭夭

怎样避免触电

因同学们还不完全具备安全用电的知识和能力，遇到用电的操作问题，应请成年人去做，以免发生触电。在路上、野外或大风天气时，遇到落在地上的电线，一定要绕行，不要靠近。同时注意不要在高压线下面放风筝，以免触电。如果自己不慎发生触电，首先要关闭电源开关或拔掉电源插头，尽快脱离电源。遇他人触电，在关闭电源前救人时，要踩在木板上去救人，避免接触他的身体，防止造成你自己发生触电。戴橡皮手套、穿胶底皮鞋等绝缘的防护衣物可防止触电，用木棍、竹竿去挑开触电者身上的电线也可防止触电。如果发现触电者呼吸、心跳已经停止，应立即给触电者进行人工呼吸，同时进行胸外心脏挤压，并叫医生尽快来急救。触电的人可能出现"假死"现象，所以不要轻易放弃。

▼工业电力科技

做饭时应注意哪些安全问题

当用刀削皮、切菜时，精神必须集中，不要拿刀同家人比划着说笑。放刀时，刀口不要对着人手活动的方向，以防划伤；刀暂时不用时，要放置在安全位置，特别注意不要摆放在案板或灶台外侧，万一碰落，很容易受伤。漂白、洗涤、去污粉之类有毒的物品要与食品、调料分隔开放置。尤其是农药、鼠药的毒性很大，更要远离食品，并在器皿上做明显标记加以区分，以防误食中毒。从火上端下开水壶、热锅时要垫布或戴防烫手套，以免烫伤，端下后放在不易碰到的地方。炒菜、煎炸东西时，要在大人的指导下做，不要让热油着水，以免飞溅烫伤。

▼切菜时，精神必须集中

▼漂白、洗涤、去污粉之类有毒的物品要与食品、调料分隔开放置

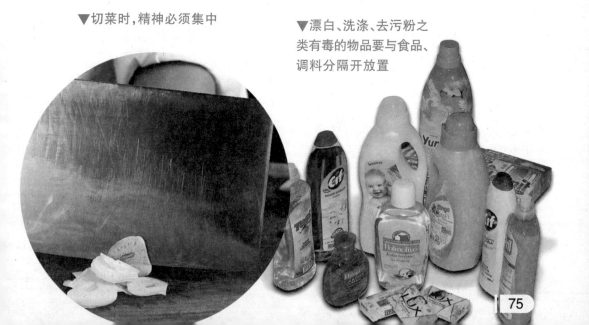

遇到火灾怎么办

▲发生火灾不要乘坐普通电梯

在火灾中，被困人员应保持镇静，不要惊慌，不可盲目地行动，从而选择正确的逃生方法。当处于火灾现场时，能见度非常低，甚至在你长期居住的房间里也搞不清楚窗户和门的位置，在这种情况下，更需要保持镇静，不能惊慌，应利用一切可以利用的有利条件，选择正确的逃生方法。

1. 利用消防电梯、防烟楼梯、普通楼梯、封闭楼梯进行逃生；利用建筑物的阳台、通廊、避难层、室内设置的缓降器、救生袋、安全绳等进行逃生；利用观光楼梯避难逃生；利用墙边排水管进行逃生；不能乘普通电梯逃生。因为高楼起火后普通电梯容易断电，有"卡壳"的可能，使逃生失败。

2. 在火势不大时，利用各楼层的消防器材，如干粉、泡沫灭火器或水枪扑灭初期火灾是积极的逃生方法。

3. 利用房间床单等物连接起来进行逃生。发生火灾时，要积极行动，不能坐以待毙。要充分利用身边的各种利于逃生的东西，如把床单、窗帘、地毯等接成绳，进行滑绳自救，或将洗手间的水淋湿墙壁和门阻止火势蔓延等。

▼遇到火灾必须保持镇静

4. 要及时报警。进入高层建筑后应注意通道、警铃、灭火器的位置。一旦发生火灾，要立即按警铃或打电话。延缓报警是很危险的。

5. 当低层起火时不要往下跑，如果上层的人都往下跑，反而会给救援增加困难。正确的做法应是"更上一层楼"。

6. 放弃行李和贵重物品，如果发现通道被阻，则应关好房门，打开窗户，设法逃生。

▲发现火灾及时报警

牙齿撞掉了怎么办

在日常生活中，不小心跌倒、碰撞或打击，都会造成牙齿脱落，这时千万不能因惊慌失措而将牙齿扔掉。把脱落的牙齿用自来水冲洗干净，及时放回牙槽窝内；或将脱落的牙齿用自来水冲洗干净后，放入自来水或生理盐水小瓶内，也可以放入牛奶内或用湿毛巾包起来迅速到医院就诊。值得注意的是，用自来水冲洗牙齿时，不能用手或布擦洗牙根，脱落的牙齿也不能用纸、干布或棉布等干燥的东西包着，避免损伤牙根部牙周膜。如果脱落的牙带有周围的软组织或小块牙槽骨，也不要将它抛弃。

牙齿脱落后，如果能在1小时内赶到医院，经过医生认真及时的处理，再植牙不但能保留牙齿，还能保留牙髓活力，再植牙成功率高，效果好。如果在2小时后复位，那就会有大约95%的牙齿牙根萎缩，牙髓坏死，牙齿经过再植，大约经3个月的治疗都可复位，便能恢复正常的咀嚼功能。

▼牙齿

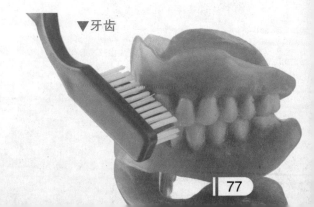

高楼遇险怎么办

现在的摩天大厦一般都有几十层，如果发生类似"9·11"的恐怖事件，该怎么办呢？

迅速离开房间。开房间门时，先用手背接触房门，看是否发热。如果门已经热了，则不能打开，否则烟和火会冲进房间；如果门不热，火势可能不大，离开房间以后，一定要随手关门。

同时要注意防止烟雾中毒，预防窒息。一般做法是用湿毛巾、湿口罩蒙鼻。在烟雾浓烈时，应该尽量贴近地面爬行撤离。

走逃生楼梯，千万不要乘普通的电梯逃生。高层建筑的供电系统在发生火灾时随时会断电，乘普通的电梯就会被关在里面，直接威胁到人的生命。一般建筑物都会有两条以上的逃生楼梯，高层着火时，要尽量往下面跑。即使楼梯被火焰封住，也要用湿棉被等物作掩护迅速冲出去。

吸引救助人员的注意。暂时无法逃避时，不要藏到顶楼或者壁橱等地方。应该尽量呆在阳台、窗口等易被人发现的地方。

及时扑灭身上的火苗。身上一旦着火，而手边又没有水或灭火器时，千万不要跑或用手拍打，应立即设法脱掉衣服，或者就地打滚，压灭火苗，并靠墙躲避。当被烟气窒息失去自救能力时，应努力滚向墙边或者门口。

▼队列中的摩天大厦

▼美国空军拍摄的 9·11

被困在电梯里怎么办

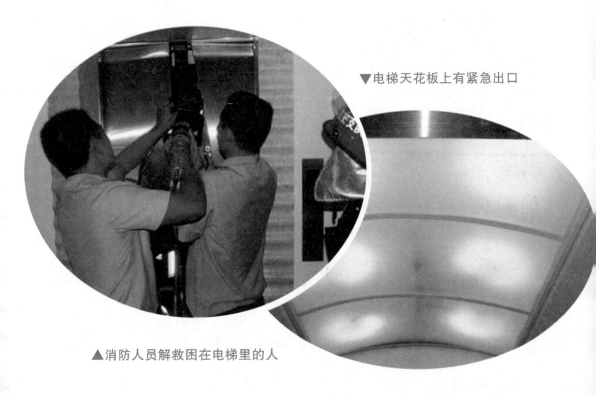

▼电梯天花板上有紧急出口

▲消防人员解救困在电梯里的人

日常生活中，人们乘电梯的机会很多，如果电梯失灵，不幸被困在电梯里，该怎么办?

保持镇静的状态，千万别惊慌，同时要安慰被困在一起的人。向他们解释在电梯底部通常有安全防坠装置。停电时，安全装置不会失灵。

若电梯里有警铃或对讲机，应立即求救，如没有警铃或对讲机，可拍门呼救。可请外面的人打电话向消防队或警察求救。若没有外援，在这时最安全的做法是保持镇定，保存体力，等待救援。

千万不要尝试强行扳开电梯内门，即使能将内门打开，也未必能够打开外门。另外电梯外，壁的油垢也可能使人滑倒摔伤。即使电梯天花板有紧急出口，也不要轻易爬上去。因为如果出口板意外关上，电梯可能突然开动，从而令人失去平衡从电梯顶滑下，对身体造成伤害。

陌生人敲门怎么办

▲敲门

▲防盗门上的猫眼

当父母不在家时，应把屋门、防盗门从里反锁上，钥匙放在固定位置。

如果听到有人敲门，应先从猫眼里看清是谁。如果是亲戚朋友，则开门迎进来，若是陌生人或仅仅似曾相识的人，就不能开防盗门，应委婉将其拒之门外。你可以这样说："实在抱歉，我父母不在，请您晚点再来，你有什么事情，我可以转告。"若来人借口非要进来，也不能让其进门。可以告诉他你先给爸爸妈妈打个电话，请他们马上回来，看看来人的表情和反应，一般这时居心不良的人会自动离开。如果来人强行进门，则应大声呼救请求邻居的帮助。如果有人撬门，赶紧打110报警。

▼防盗门

被人跟踪怎么办

当你独自走在上学的路上，忽然发现有个陌生人在跟踪你，这时你怎么办?你应马上加快脚步，用各种办法甩掉那个陌生人，跑到学校报告老师；如果离学校很远，就赶快跑到附近商店或公共场所等人多的地方，向那里的警卫或保安人员求救，请他们帮你报警。在安全的公共场所给父母打电话，请他们来接你，并在保安人员身边等待父母。

▲发现有人跟踪应尽快跑到公共场所找人帮助

被人绑架怎么办

当你一个人走在放学的路上，突然有一个相貌凶恶的陌生人要把你拉上他的车，你该怎么办?

这时，你千万别惊慌，应大声呼救，并奋力挣脱。跑到人多或热闹的地方，比如商场、超级市场等处，向附近的警卫、保安人员求救。请他们帮忙通知家人、学校或报警。

▼放学的路上如遇到绑架的人应奋力挣脱并向人求救

▲如被人绑架了要见机行事

相貌、特征、穿着、年龄及车牌号码，并努力记住车子所经过的道路、地点和有特点的建筑物。如果坏人问你家里的电话及父母的姓名，要尽量配合满足他的要求，保护自己不受伤害。

不要坐以待毙，要寻找适当的时机如停车时突然打开车门向行人或警察求救，能跑出车去就尽量向外跑。当发现不论怎样都不能逃脱时，就应保持体力，耐心等待家长及警察来救你。

万一挣脱没成功被抓上车，千万要保持镇静，不要大喊大叫，以免激怒坏人而对你造成伤害。仔细观察坏人的

出租车载你去不认识的地方怎么办

假如你早晨发现快要迟到，匆忙乘坐出租车上学，却发现出租车司机把车开往另一条你不熟悉的路。这时你该怎么办？

不要惊慌，也许是司机走错路线了，应再次说明你所要到的具体地址。

假如他对此无动于衷，你可以借口要去厕所或办一些着急的事，请他靠路边停车。赶快下车到人多的地方去，就要想尽办法逃跑，去找交通警察，向他说明情况并请他帮助你回家或去学校。

如果司机对你的要求置之不理，还继续开车，你可以悄悄地把车窗摇下，寻找机会向窗外的行人和车辆大喊"救命"。

▼如被出租车载往不明地方，
要找机会下车向人求助

发现煤气泄漏怎么办

当发现煤气泄漏后，千万不要惊慌，应该做到以下两方面：一是减少空气中煤气的含量；二是防止火源。迅速打开家中所有的门窗，使空气流通，然后关煤气阀；千万不要去动各种电源开关，尤其是不能开灯。因为当你开关电源开关时，会产生火星，这时房间中以及开关中都有大量的煤气，那么后果不堪设想。同样的道理，在灯开着时也不要关闭。应及时通知有关部门查找煤气泄漏的原因并进行处理。

▼发现煤气泄漏要迅速打开家中所有的门窗

▲煤气泄漏后并达到一定浓度会发生爆炸

我们知道，煤气主要成分是氢、一氧化碳、二氧化碳和少量的甲醇和苯等。当发生煤气泄漏后并达到一定浓度时，会和空气中的氧结合，产生火花而发生爆炸。煤气大量泄漏的后果是：在单位体积中氧气的含量减少，使人产生缺氧而危及生命，同时燃烧产生的高温会使人灼伤。

放学回家发现有小偷怎么办

当你放学回家时，突然发现家里的门锁已经被人撬开，或是发现家里门开着，而你知道这时并不是你的家人在家时，你就该意识到家里有可能进了小偷。

这时候你千万不要硬闯进去，更不要大喊大叫。如果被小偷发现，这是很危险的一件事情。此时应赶快去邻居家请大人帮忙打110报警，或者去附近你所熟悉的商店报警求助。然后给正在上班的爸爸、妈妈打电话，告诉他们所发生的事情。如果还发现楼下或门口附近有可疑和陌生的车辆，应快速地把它的车牌号码、颜色和车型的特征记录下来，以便告诉警察或家长。切记：遇到此事时不要擅自行事。

▼小偷

84

风俗是由于一种历史形成的,它对社会成员有一种非常强烈的行为制约作用。每个国家都有自己国家的风俗习惯,所以当您每到一个国家前都要先了解一下这个国的一些风俗,是否有什么禁忌等,以免造成不必要的麻烦。

第**3**章

各地风俗

多贡人为何敬狗

多贡人居住在莫普提以东的山区，它有个奇怪的名字，叫做班迪亚加拉，意为"不愿意，也得来"。据说，古代多贡人原住在南方遥远的肥沃平原上，从事农业生产，后来受到外族的侵袭，被迫弃平原而归山区。可是班迪亚加拉山区自然条件恶劣，只有雨季才能见到流水，多贡人初到这个陌生的地方时，找不到饮用水，干渴难忍。正在此时，他们却发现随行的一条狗却浑身湿漉漉地从田野里返回，于是他们循着狗的行迹发现了水源，从此便在班迪亚加拉山区定居下来。同时，为了表达对拯救他们的狗的感激之情，他们将狗视为"塔纳"，即多贡族的神圣动物。

▲多贡人的村子

▼肥沃平原

埃及人为何"谈针色变"

如果你到埃及旅游,在每天下午3～5点这个时间里,你向旅店的服务员借针,或到商店里买针,必定会碰一鼻子灰。原来,这里有一个自古相传的习俗:每天下午3～5点,不卖针,不买针,也不谈针。当地人认为,天上的神每天都在这个时候下凡,向人们恩赐生活必需品。神的施舍很特别,越富的人赐予越多,越穷的人赐予越少。而穿针引线是穷困者的谋生之法,所以得不到更多的赏赐。于是,在"诸神下凡"的时间里,人们都忌谈与针有关的事情。在迫不得已的时候,出借的人会把针插在面包里交给借针人。

▲埃及人在下午3～5点忌谈针

▼埃及风景

求婚为何要用"石头礼"

缅族人有个习俗，在结婚前夕，青年人要向新郎新娘的住房抛石头，叫做"石头礼"。只有主人给他们一些喜钱后才停止，这些钱称为"婚礼金"，青年人用此钱置办礼物，以便向新婚夫妇祝贺。

▼缅族人有个习俗，在结婚前夕，青年人要向新郎新娘的住房抛石头

投石头的风俗源于一个古老的传说，据说，古代天空上有7个太阳，地球上的一切东西都被化为灰烬。有一次，天上有4个不能生育的仙女降到人间，她们吃下异香扑鼻的焦土，后来便生下许多男孩和女孩。孩子长大后，一部分互相结为夫妻，另一部分人认为这样违反道德风尚，便向结婚者投石头，久而久之，便形成了掷石头的习俗。

求婚为何须送鱼

▲雪茄

在苏里南的东北部有个印第安人部落，叫"嘎利比"。至今，仍保留着当地独特的婚俗。

嘎利比男青年如果想同他喜爱的姑娘结婚，得先征得父母同意，然后，父亲带着印第安土产雪茄，登门拜访姑娘的父亲。假如对方接受了雪茄，就表示答应了这门亲事，否则，双方就避开婚姻问题而天南海北地闲聊。

如果男青年直接向姑娘求婚，就必须把最名贵的鱼送给她，以表明自己不仅是个捕鱼能手，而且是个谋生能力强的人。姑娘如果将这条鱼烹成美肴回赠，那就表明她已接受了。

婚礼上为何要摔壶

巴勒斯坦人正式的婚礼是在犹太教堂举行的。新婚夫妇在宾客面前喝完了"结发酒"以后，马上要把桌子上面的陶制水壶用力摔在地上，清脆的碎裂声立即赢得客人们的祝福。

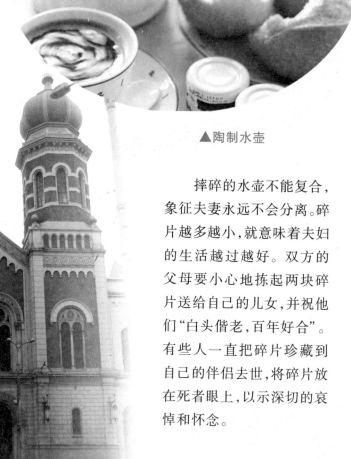

▼教堂

▲陶制水壶

摔碎的水壶不能复合，象征夫妻永远不会分离。碎片越多越小，就意味着夫妇的生活越过越好。双方的父母要小心地拣起两块碎片送给自己的儿女，并祝他们"白头偕老，百年好合"。有些人一直把碎片珍藏到自己的伴侣去世，将碎片放在死者眼上，以示深切的哀悼和怀念。

洞房窗户为何要糊红纸

在我国广大农村地区,结婚时新房的窗子都要糊上红纸。待新娘子进入洞房坐床后,才让一个小男孩用筷子戳破窗纸,从洞中看新娘子。

▲农村结婚

据说,古时有个九头鸟,羽毛漂亮。它自以为很美,到处找人比美。它听说新娘子最美,谁家娶媳妇,它就把头伸进窗里和新娘比美。人们又害怕它,又讨厌它,就在窗前点燃火把。九头鸟怕烧坏它的羽毛,就不敢来了。从此,不管什么人家办喜事,都点燃火把或火堆,并派人守在洞房窗口。点燃火把的办法虽好,但容易引起火灾,人们又想

▼民间婚嫁,洞房床上要放熟透开裂的石榴

▼火堆

▲麒麟送子

了个办法，把新房的窗子用红纸糊起来，洞房里边点起蜡烛，烛光映着红纸像火焰一般，九头鸟以为是火把，便不敢来了。后来又有人说，窗子全糊起来，麒麟送子也进不来，于是就叫一个男孩在新娘坐床时用筷子将窗上的红纸捅一个洞，新娘往外一看，正好看见一张娃娃的脸，以此象征快生贵子。

其实，结婚时用红纸糊窗子，是表示喜庆的意思。用筷子捅破窗纸，可能因"筷子"与快生贵子有谐音的关系，取个吉利罢了。

你知道"男左女右"习俗的由来吗

我国"男左女右"的习俗由来已久，

▼诊脉也取"男左女右"

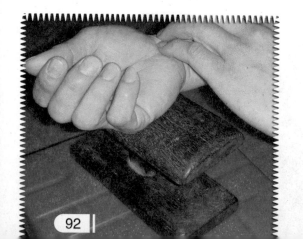

至今许多地方还保留着。这一习俗的产生与我国古代哲学中的"阴阳"相关。古人将宇宙通贯人和事物的两大对立面称"阴阳"，将大、长、上、左归为阳，将小、短、下、右归为阴。阳者为刚强，阴者为柔弱。男子性刚强，属阳于左，女子性温柔，属阴于右。中医诊脉，男子取气分脉于左手，女子取血分脉于右手；小儿患病观察手纹，也取"男左女右"。由于很早就有了这种区分法，也便有了"男左女右"的习俗。

你知道蒙古民族有什么禁忌吗

黑色之所以是蒙古人的大忌，是因为黑色象征着敌人、丧子和一切反面事物。蒙古人服饰、器具、住所都不以黑色做装饰。在文学作品和口语中，黑色所表现的事物性质也都具有谬误、丑恶、卑劣、肮脏、危险等贬意。例如"思想肮脏"、"心肠歹毒"、"语言恶毒"、"罪孽"等词语，都是用"黑色"来修饰的。在各种颜色中，除去黑色这一禁忌之外，蒙古人别无忌色。蒙古人忌黑色反映了其独特的文化价值观。

▲蒙古民族服饰

蒙古民族历史悠久，全世界大约有435万蒙古族人。尽管居住十分分散，但他们忌恨黑色这一特性是相同的。

▼蒙古包

马来西亚人佩带短剑是何故

几百年来，马来西亚人都有佩带短剑的习惯。在他们眼里，这是一种力量、智慧、坚强、勇敢和吉祥的象征。因而短剑在他们心目中占有独一无二的崇高位置。

以短剑为题材的传说在马来半岛世代相传数不胜数。在这些民间传说中，短剑常是创造英雄业绩的"神剑"，有的具有未卜先知的"特异功能"，也有的是剑主人危难之际的"保护神"。总的来说，佩带短剑是马来西亚人不可缺少的一种装饰，短剑也是马来西亚

▲短剑

人的骄傲，同时也是其民族意志的一种体现。

▼马来西亚街景

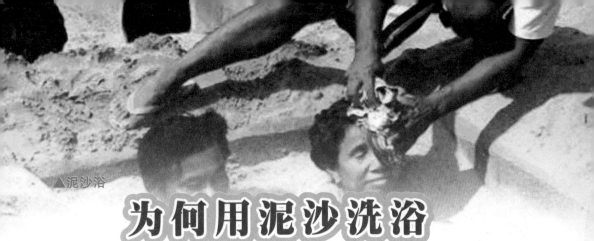

▲泥沙浴

为何用泥沙洗浴

随着现代生活方式的改变,有些国家的人民在洗澡方面十分考究。

目前东欧有些国家的人民用河中的沙、塘中的泥来洗澡。下水后,他们先把身体洗净,然后,从河中或塘中捞上一大把泥沙撒在自己的身上并使劲地摩擦。他们的这种怪癖并不是因为这些人没有肥皂、香皂洗澡。据说,用这种方式洗澡可以洗去许多种皮肤病,同时还可以使皮肤增加黑色素,有益于预防病菌的侵入,对身体的健康十分有利。

为何盛行"茶水浴"

在我国台湾地区北部,那里的人们有一种用茶水洗澡的特别爱好,名曰"茶水浴"。据他们自己说,用这种"茶水浴"洗澡不仅实惠,而且有好多益处。

有人把喝剩的茶叶再煎煮后,倒入浴盆内擦洗。这种"茶水浴"如果经常使用的话,能促进人的血液循环,增大肺活量。因此,对心脏和肺都有好处。同时,茶叶中含有茶碱,这对人的皮肤也有好处。

▼茶水

过年贴春联的风俗是怎么形成的

除夕这天，家家户户都要贴上写着祝福的春联。有时还把大"福"字倒着贴在迎面的墙上，这是为了取"福到了"的吉利彩头。

春联也叫对联、春贴、对子。贴春联的风俗历史很长了，据说它来源于2000多年前的"桃符"。古人认为桃木可以避邪，过年时把桃木剑(或桃木刻成的神像)挂在大门的两侧，以驱鬼避邪。到公元964年，后蜀皇帝孟昶在桃木剑上题写了两句："新年纳余庆，嘉节号长春。"据说这就是最早的春联。此后，过年时有写春联的，有挂桃符的，还有贴门神的。到了明朝初年，为了庆祝升平，朝廷下令，士庶之家除夕张贴对联。对联上多是歌颂升平的话。此后，过年贴春联，就逐渐成了全国各地共同的风俗。春联上除了写接福迎祥的句

▲除夕这天，家家户户都要贴上春联

子，也写五谷丰登、人寿年康等祝语。

一年之计在于春，人们都希望在新的一年里取得更大的成绩，所以，往往根据各自的愿望，编写成春联，贴在门上。如今贴对联不是为了驱鬼避邪，而被看做是表达思想感情的艺术形式。

▼各式各样的桃木剑

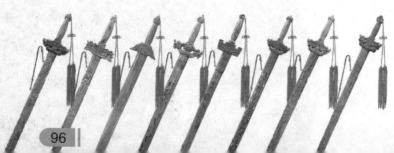

过年为什么要放爆竹

▲青竹

除夕的夜间，人们通宵不睡，说是叫"守岁"。待到半夜零点时，大家一齐燃放爆竹，辞旧迎新。

过年为什么要放鞭炮，民间流传着一个古老的传说：很久以前，有一种叫"年"的猛兽，见了人畜就吃，十分可怕。天神把它锁在深山里，只许它在除夕的夜间出来一次。人们在这天夜里一夜不睡，持刀操棒和它搏斗。后来人们发现"年"这个怪物最怕竹子烧裂爆炸的响声，于是人们就笼起火堆烧烤青竹。竹子受热，爆裂开来，发出乒乒乓乓的响声，就叫它爆竹。因为那时还没发明火药，也没有鞭炮，所以只好采取这种办法。后来发明了火药，制成了鞭炮，也就沿用了习惯的名称，把鞭炮有时也称为爆竹了。据说放爆竹是为了吓跑害人的怪物，也有的说放爆竹是为了驱鬼避邪。如今过年过节，为了热闹，除了放爆竹外，还燃放五彩缤纷的烟火，就显得更热闹了。

▼爆竹

为什么除夕要吃团圆饭

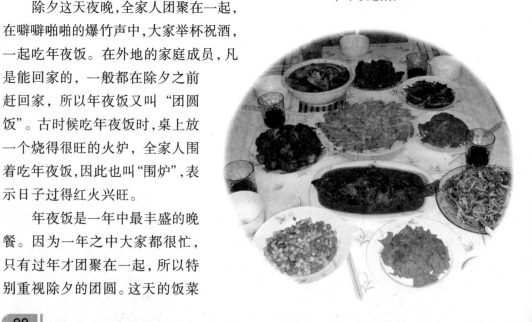

▲鱼代表着"年年有余"

也很讲究,而且含有美好祝愿的意思,比方说一定要有一盘鱼。因"鱼"和"余"谐音,取"年年有余"的意思。还有叫"富永"之类的糕点,象征着永远富裕。

古人用餐时男女不同席,但吃年夜饭时,男女老幼都在一起吃,表示全家永远欢乐团聚的意思。

除夕这天夜晚,全家人团聚在一起,在噼噼啪啪的爆竹声中,大家举杯祝酒,一起吃年夜饭。在外地的家庭成员,凡是能回家的,一般都在除夕之前赶回家,所以年夜饭又叫"团圆饭"。古时候吃年夜饭时,桌上放一个烧得很旺的火炉,全家人围着吃年夜饭,因此也叫"围炉",表示日子过得红火兴旺。

年夜饭是一年中最丰盛的晚餐。因为一年之中大家都很忙,只有过年才团聚在一起,所以特别重视除夕的团圆。这天的饭菜

▼年夜饭菜

为何年节的时候不能说丧气话

过年过节的时候，人们团聚在一起欢庆节日，祝福人寿年丰、万事如意。在这欢乐的时刻，总是说些祝愿的话，希望得到个好兆头。因此，在说话时都很注意，说些吉利话以鼓舞人心，不愿意听到那些使人灰心丧气的话。例如，过新年时，大家欢欢乐乐地庆贺新春，接福纳祥，希望来年有个好的开端，说话时尽可能避免说那些"破"啊、"碎"啊、"糟糕"啊等等不吉利的话。但有时往往会遇到出现这些不吉利的字词的情况，而成年人往往用其他的字词来把它避过。比如说，春节吃水饺，在煮水饺时难免有煮破了的，这时人们不说煮"破"了，而说"挣"了。"挣"有挣开、裂开的意思，虽然也是"破"的同义词，可是在一些地方把赚钱叫做挣钱。说挣了是取个挣钱的好兆头。

再如，偶尔不慎打碎了一样东西，说"打碎了"不吉利。"碎"和"岁"谐音，人们就会说"岁岁平安"。这样人们觉得听起来不仅不那么刺耳，反而变成一句吉利话了。小孩子们天真活泼，往往不会注意这些，直言直道，所以家长嘱咐他们不要随便说话，也就是这个意思。

如今过年过节没有那么多忌讳，但还是应说些大家听了高兴的吉利话为好。

▼过年处处充满着喜庆　　▼水饺

藏族怎样过年

▲藏族

藏族很早就有天文历法。唐朝文成公主入藏,带去了中原文化,使藏历更加完善,基本上与夏历相同。夏历的正月初

▼酥油茶

一,恰逢藏历11月,因而藏历以11月算作新年的开始。在汉族过春节的时候,藏历的新年也就来临了。

新年到来前一个月,藏族家家都忙着准备年货。男人忙着打酥油茶,酿青稞酒,炸酥油果子,妇女们忙着做新衣服。老人们细心地准备"竹素其玛"。竹素其玛形状像米斗,里面盛着节日食品,如糌粑、红豆、人参果等,上面插上青稞穗和小麦青苗,摆上用酥油花塑的羊头、牛头等。

初一早晨,将"竹素其玛"放在醒目的桌上,象征一年的收成。家庭主妇要到水井或泉里背回第一桶洁净的水,让全家洗漱,让牲畜饮用。新年时,人们相见都要热情地互道"吉祥如意"。更亲近的还要献哈达,祝愿愉快幸福。

新年期间,有时全家人约上亲友一同到园林游玩野餐。青年男女则聚在一起弹唱祝福歌,跳弦子舞,有的借此寻找终身伴侣。城市乡村都上演着各种藏戏传统节目。有的地方举行跑马射箭比赛,有的则进行摔跤比武。赛牦牛也是藏族过年特有的活动。

土家族的年节为何要提前一天过

土家族主要居住在湘鄂川交界地带。这里群山连绵，水秀山清，环境十分优美。从前，土家族常常受外人的欺侮，因此，在过重要节日时，他们也保持着高度警惕。

土家族过新年，是在新年的前一天欢庆，这也和他们团结御敌，提高对敌斗争的警惕性有关。传说古时候，土家族同胞正准备过年时，得到敌人要进攻的消息：敌人要趁着人们欢度佳节之时来偷袭。于是大家杀猪宰羊，提前一天

过了年，严阵以待。第二天，敌人果然打来，他们本想给土家族人来个措手不

▲土家族

▼土家族为准备过年打糍粑

及。没想到土家族的人们早有准备，把来犯的敌人打得大败。

从那时起，提前一天过年的习俗就传下来了。新年，他们叫"调年会"。

现在，土家族过新年可热闹了。食品准备得特别

▲土家族打镏子

舞、彩船舞、双刀比武、火枪射击比赛等，日夜都有，令人目不暇接。秀丽的土家族山寨，呈现出一片繁荣的景象。

居住在四川酉阳大溪区一带的土家族，除了过春节，还有过"族年"的习俗。过"族年"的时间是在每年的农历七月初一。

丰盛，娱乐活动多种多样，此外还有各种比赛项目。节日期间，龙灯舞、狮子

我国有哪些民族过"十月年"

过十月年的有哈尼族、苗族等许多民族，他们过年既不是阴历，也不是阳历。哈尼族一年分为冷、暖、雨三季，以十月为岁首，十月过年，非常隆重。哈尼族对龙很崇拜，过年要首先祭龙。祭龙时，全寨家家户户要把自己的拿手好菜摆在村口的桌上，举行"比菜仪式"，互相劝酒，歌手们通宵达旦地唱歌。

苗族同胞过年没有统一的日子，一般是在农历十月的"卯"日(兔日)。常常几个村寨联合在一起，过年的时间往往

▼哈尼族

要持续一个多月。各种活动极为丰富,有斗牛、赛马等,寨寨有传统的斗牛场,四周的山坡是天然的看台。斗牛时场面很壮观,观看的人常常有五六千。斗牛结束,各寨把好酒抬到场地中央,人们喝着酒,伴着芦笙的节拍翩翩起舞。

不论哈尼族还是苗族,小伙子和姑娘们最为活跃。他们喜欢赛马、跳舞、对歌,通过这些活动沟通情感,表达爱情,互相赠送礼物,有许多人是通过这些活动结为终身伴侣的。

▲苗族

二月二这天是什么节日

"二月二,龙抬头,神农降,使金牛。适时耕地适时种,风调雨顺天下收。"小朋友,你能从这首歌谣中看出这个节日的特点吗?

我国古时候是以农业为主的,农业的收成如何,关系到下一年的生活,农历二月初正是中原广大地区开始耕地的季节。农民们为庆祝这个节日,欢聚在一起,祝愿全年获得好收成,同时也鼓舞士气,为夺取全年的丰收而努力。所以人们都很重视这个节日,沿袭至今,成为我国广大农村的传统节日。

二月二的庆祝活动,各地不尽相同。

▼二月二龙抬头

中原地区的农村，这天一大早，人们在打谷场上和庭院里，用草木灰画成大大小小的粮囤、粮仓，里面放上些五谷杂粮，表示当年收获的谷物盛满了粮仓。养耕牛的人家，这天会扛着犁，带上爆竹到田头放鞭炮，耕几圈地，象征着金牛已下地，农业获丰收。有些地方还敲锣打鼓，表演小车舞和跑驴舞等节目，热闹非凡。传说这天是土地爷的生日，有些地方的人们还会在这天祭土地神。

▲二月二耕地象征着金牛下地

"寒食节"是怎么来的

▼晋文公重耳

据说，这个节日来源于一个历史故事。2000多年前的春秋时代，晋国有个大臣名叫介之推，国家发生内乱，他和几位大臣跟随重耳在外逃亡十几年，有很大功劳。重耳回国后当了国君，也就是晋文公。文公封赏辅佐他的功臣，介之推没有接受，而是隐居在深山中。文公想用放火烧山的办法，逼介之推出来做官。介之推下定决心不肯出来，结果抱着一棵大树被烧死了。晋文公为悼念他，下令禁止在介之推烧死的这天生火，只能吃冷食。以后代代相传，形成了风俗,叫做"寒食节"。

这仅是寒食节来源的一种说法。据记载,早在周朝就有寒食禁火的制度。

寒食节是古老的民间节日之一,在清明节前的一两天。《荆楚岁时记》中记载,冬至过后 105 天就是寒食节。这一天不能生火,吃的东西都是前一天准备好的,所以叫寒食。

四月初八是什么节日

农历四月初八是佛祖释迦牟尼诞生的日子,称为浴佛节。佛教在我国的历史悠久,我国有好多民族过这个节日。其中苗族最重视这个节日,但他们并不是为了纪念佛祖诞辰。

传说,古时候有位叫亚努的苗族英雄,为了反抗统治者的残

▼苗族欢庆节日

▼释迦牟尼

酷压迫和剥削,率领民众与反动统治者进行了英勇的斗争。不幸的是他在四月初八这天英勇牺牲了。人们为了纪念这位英雄,每年这一天,都会到英雄的墓地附近举行各种活动。"射印牌"就是其中一种具有代表意义的活动。

这一天,姑娘们穿上彩装,背着精心绣制的印牌来到场地,在高坡之上一字排开。小伙子们穿上新衣,先各选中自己要射的对象,然后拉开强弓把利箭

▲苗族服装展览

射出。哪个姑娘的印牌被射中,她便转过身来,拿着箭一阵风似的地跑入林中。人们又发出"追呀"的喊声,小伙子便向林中追去。射中的一个接着一个,追入山林的一批又一批,直到夕阳映照到林梢,场地响起锣声,人们才高高兴兴地散去。

如今的四月初八,内容越来越丰富、越来越热闹。会上有舞蹈表演,有歌咏比赛,有少数民族的服装展览,以及商品交流会等。

"泼水节"是哪个民族的节日

泼水节是傣族除旧迎新的节日,它是傣历的新年,和内地广大地区过春节一样隆重。因为泼水是一项很重要的节日活动,所以人们称之为"泼水节"。

傣历是阴阳合历,它以地球的公转计算年,以月亮的圆缺计算月,岁首常在6月(公历4月)。傣历规定太阳进入金年宫(即每年的4月20或21日谷雨节开始)的那一天为"泼水节"。

节日的内容极为丰富,有放高升、赛龙船、丢包、泼水等节目。放高升在新年的头一天,它象征着美好的日子永远高升。赛龙船实际上是一项体育活动,它是在互相拜年祝福之

▼赛龙船

▲泼水节

后进行的,水面上十分热闹、壮观。丢包是未婚青年男女在节日期间的一种游戏,姑娘小伙子们借此互赠礼品,是表达爱情的一种方式。泼水活动一般在第二天或第三天下午举行。人们提着水桶或端着水盆,在街口遇到行人就泼水祝福。有时边唱边舞边泼水。清洁的水象征着尊敬、友爱和祝福,其中谁被泼的水最多,谁就是最幸运的人。

泼水节在东亚、东南亚一些国家都很盛行。而缅甸和泰国的泼水节的活动都是闻名世界的。

端午节为什么要赛龙舟吃粽子

据说,端午节赛龙舟、吃粽子是为纪念伟大的爱国诗人屈原。屈原是2200年前的楚国三闾大夫、著名诗人,由于奸臣诽谤,昏庸的楚王不但不采纳他联齐抗秦的主张,反而放逐了他。公元前278年秦国攻破楚国的国都,屈原听到这一消息后,十分悲痛,五月五日他抱石投入汨罗江,以身殉国。人们从四面八方划着船赶来抢救,并把粽子投入江中给鱼虾吃,以此保护屈原的尸体。这就是端午节划龙舟、吃粽子来历的传说。

但据记载,早在屈原之前,就有类似的风俗了。因为爱国诗人屈原品德高尚,诗篇感人,人们敬重他,便把这些活动和救屈原联系起来,而且很快传遍南北各地。到了宋代,朝廷正式把五月五日定为端午节。

▼屈原

姑娘们为什么在七夕这天"乞巧"

▲传说农历七月十五是牛郎织女相会的日子

传说农历七月十五是牛郎织女相会的日子，妇女们把这一天定为"乞巧"节。牛郎织女的故事是我国广为流传的美丽的神话传说。据说织女是玉皇大帝的女儿，心灵手巧。她爱上了人间的牛郎。玉皇大帝用一条天河隔开了这对恋人，不让他们在一起，只允许织女七月七日这天去和牛郎会一次面。人们都很同情她。喜鹊这天一早都飞到天河去搭桥，帮助他们夫妻相会。

妇女们对织女非常敬佩，对她那双巧手更加羡慕。每年七月七，她们就买来点心、瓜果供在桌上，给织女烧香跪拜，表示对她的敬重，同时向她乞巧，希望自己也能和她一样心灵手巧。乞巧的活动多种多样，最主要的是"丢针儿"。把清水

▲七夕节活动

盛在一个小盆内，放在日光下曝晒，姑娘们把绣花针丢在盆中，针浮在水面上，影儿投在盆底。水底下的影子如花、如云、如线、如椎，看水中的针影可知各自手巧的程度。这种乞巧活动不仅在民间盛行，宫廷中的宫女也常举行。

衣服上为什么要绣花边

水族妇女喜欢在衣服上、裤子上绣红红绿绿的花边,穿起来十分美观。也体现了她们爱美、向往美好事物的心愿。

这一习俗从何而来呢?据说从前水族人民居住的地方,山高林密,杂草丛生,蟒蛇很多。人们干活时常常被蟒蛇咬伤。有个叫秀的姑娘心灵手巧,她绣的鸟兽花草十分逼真。秀姑娘见姐妹们被蛇咬伤,很着急。她尝试着用各种方法避免被蛇咬,都没成功。而有一天,当她穿着绣有花边的衣服下田干活时,各种蟒蛇见了她都远远地逃跑了。她发现了这一秘密之后,把鞋上也绣了花,几经试验,蟒蛇都不敢走近她的身边,远远地就逃遁了。她告诉了众姊妹,大家听了,非常高兴,互相转告,很快传遍远近的山寨。从此,这一带的妇女们都在衣服上绣了花边,在鞋上也绣上花,以防蛇咬。

妇女穿上绣有花边的衣服,也更加美丽了。发展到后来,花边衣服逐渐成为艺术品。后来妇女们又商议,规定没有结婚的姑娘,只穿绣花鞋。结了婚的妇女才穿绣花边的衣裤和绣花鞋。这样一来,穿花边衣服也成了区分姑娘和媳妇的一种标志。

▼水族服饰

▼水族绣花鞋

重大活动或喜庆节日时为什么要舞龙

在中国古代神话中,华夏民族的始祖伏羲是龙的形象。造人的女娲,人类文明之祖的黄帝,治水英雄大禹的父亲鲧,都是人面龙身。龙是华夏民族崇拜的图腾,因此,龙也就成为华夏民族的标志。人们对龙很崇拜,历代帝王不仅自称为真龙天子,他的宫室器物也都刻满了龙。

▼在重大节日或活动都有龙的形象出现

一些重大节日或活动都有龙的形象出现,民间在过节日时也就把舞龙作为重要活动项目。龙制作得越来越精美,体形也越来越大,有的巨龙长达二三十米,舞动起来,上下翻滚,左右盘旋,它象征着民族的腾飞,令人振奋。

舞龙的历史非常悠久,据考证,早在2000多年前,民俗活动中就有舞龙的传统。最早是用来求雨。据说当时还有春舞青龙,夏舞赤龙,秋舞白龙,冬舞黑龙等习俗。后来舞龙的活动代代相传,不仅限于祈雨,其他活动也都有舞龙的习惯。

▼早在2000多年前,民俗活动中就有舞龙的传统

男子也选美吗

疗"时举行。当夜幕降临，所有的博罗罗人都聚集到临时居住点的一块空地上，围成一圈，随着小羊皮鼓抑扬顿挫的鼓点开始跳舞。

这时，参加选美的男子都穿上最美的衣服，一个个进入圈中，一边跳舞，一边展示自己的阳刚之美。由于博罗罗人生活在荒野中，所有人穿的都是靛蓝色土布做的衣服，因此，判断博罗罗人的服装美的标准是看衣着是否合身得体。而修长结实的身材是男子选美的首要条件，其次必须有一副雪白的牙齿和一双炯炯有神的眼睛。有趣的是博罗罗人经常用一段小树棍当牙刷，不

▲博罗罗男子在认真准备选美

▼尼日尔

在现代文明社会，选美几乎是女性的专利。然而，爱美之心人皆有之，在非洲尼日尔的博罗罗人中，流传着男子选美的风俗。

博罗罗人每年举行一次男子选美，一般都是在他们赶着牛羊到尼日尔中北部的印加勒地区为牲畜进行"盐

因此,浓密而光亮的发辫是博罗罗男子选美的又一因素。博罗罗美男子还需有做工精致的遮阳帽和刀鞘华丽的大砍刀。此外,佩戴各种精美的饰物,如戒指、项链、护身符和羊皮挎包等,也是男子选美的重要条件。跳舞的男子必须不断地瞪眼亮相,并用激昂有力的舞步来显示自己的阳刚之美。

博罗罗人男子选美并没有固定的评审委员会,也不评定冠、亚、季军等头衔。但在一个或几个晚上的舞蹈中,现场的年轻未婚姑娘会对她们认为最美的男子发出欢呼声,而且主动地进入圈内与自己中意的男子共舞。得到欢呼声最多的,同时被姑娘肯定次数最多的就是最美的男子。

▲修长结实的身材是
男子选美的首要条件

停地清洁牙齿,以保持牙齿的洁白。和大多数非洲人不同,博罗罗男女都有发辫,男子的发辫甚至比女人的还要长。

▼男子选美

我国有哪些奇特的饮食风俗

▲裤腰带面条

俗话说"百里不同风，千里不同俗"。我国地域辽阔，民族众多，不同的历史渊源、人文地理环境，形成了不同的饮食文化。各地风情各异的怪吃怪俗，数不胜数。

裤腰带面条。关中盛产小麦，面条是关中人的主食。面条的种类繁多，有棍棍面、拉面、扯面、臊子面等。关中人最喜欢将面和硬揉软、擀厚、切宽，像条裤腰带那样长短。

这种面吃起来很光滑、筋道，很有嚼头，既好吃又饱肚。

锅盖饼子。陕北盛产麦子，日常生活以面食为主。饼子又称大饼，每个重达数斤，像一个大锅盖，吃时可切成一块块的三角形，全家老少分而食之。陕北大饼表皮黄亮脆香，内里松软，陕北人常把它作为主食。

沙虫菜。这是海南人所特有的一个怪俗。一般以香菜或生菜加上三条沙虫，进行红烧，其味道非常鲜美。所谓"沙虫"是一种栖息在海南沙滩边的蚕科小动物，身体呈灰白色。沙虫富含高蛋白，低脂肪，营养价值很高。除有沙虫火锅外，还有红烧沙虫。

▼葱香沙虫

你知道"腊八粥"的由来吗

腊月初八要吃"腊八粥"，据说是沿用了佛教的风俗。这天是佛祖释迦牟尼成道的日子，所以各寺院要用谷米和果实煮粥供佛。这种粥名叫"五味粥"或"七宝粥"，人们通常称之为"腊八粥"。这种仪式传到民间，日久天长，就形成吃"腊八粥"的风俗。

古时煮"腊八粥"很讲究，要用胡桃、松子、柿、栗之类。后来，花样越来越多。据载，民间熬粥用黄米、白米、江米、小米、菱角米、栗子、红江豆、去皮枣泥等，用水煮熟，另外还用染红的桃仁、杏仁、瓜子、花生米、榛穰、松子及白糖、红糖、葡萄干作点缀。

我国广大地区都有吃腊八粥的风

▲腊八粥

俗，纪念释迦牟尼的宗教色彩早已淡化，而只是把它作为全家团聚、祝愿来年五谷丰登的一种节日。

▼释迦牟尼青铜像

你知道月饼的由来吗

据说,中秋节吃月饼的习俗起于唐朝。唐太宗李世民为征讨剑北突厥,派手下大将李靖亲自率领部队出征。李靖善于用兵,屡建奇功,于当年8月15日这天凯旋回都。为了庆祝胜利,长安城内外鸣炮奏乐,军民狂欢通宵。当时有个到长安从商的吐蕃人特地向皇上献圆饼祝贺胜利。李世民非常高兴,接过装饰华丽的饼盒,取出彩色圆饼,对着悬在天空的明月道:"应将胡饼邀蟾蜍(月亮)。"从此,中秋吃月饼的习俗便流传下来。

▼唐朝侍女雕像

▲古希腊人

生日蜡烛为何要吹灭

过生日的时候,大家都要准备生日蛋糕。随着"祝你生活快乐"的歌声,过生日的人都要吹灭插在生日蛋糕上的蜡烛,这是生日聚会上最激动人心的时刻。但是,生日蛋糕上的蜡烛为什么要吹灭呢?

在古代希腊的神话中,月亮女神阿蒂梅斯的崇拜者在为月亮女神庆祝生日时,就要在圣坛上摆上插满蜡烛的蛋糕。后来,古希腊人民纷纷效仿,在孩子们的生日蛋糕上也插上了燃着的蜡烛,并加入吹蜡烛这项活动。他们认为,燃烧的蜡烛具有神奇的力量,如果在那时许个愿,一口气吹灭所有的蜡烛,愿望就能实现。带着美好的期望,这个习俗就这样一代代传了下来。

▼生日蜡烛

你知道印度妇女的"打夫节"吗

印度的一些农村至今流传着一种奇特的节日——打夫节。所谓打夫节,就是妻子打丈夫的节日。这是社会地位十分低下的印度妇女在一年当中惟一能够扬眉吐气的日子,所以俗称"出气节"。

这天早上,全村呈现出一派喜庆气氛,各个家庭都忙碌起来。妻子们个个喜气洋洋。穿着最漂亮的衣服,并找出一根保存得很好的"打夫棒"——一根2米长的竹棒,跃跃欲试。丈夫们则集中到一起,一边奏击乐器,一边唱歌跳舞,然后在山村游行。到了下午,丈夫们就要做好挨打的准备工作,用黄布缠头,全身包上厚

▲印度建筑

厚的布片,随后每人喝下一些杏仁粉和掺有大麻的药酒,以此壮胆。等到村里鼓声一响,他们就手持水牛皮盾牌,头顶盛满鲜花的柳编盘子,一个个无精打采地走进村里。妻子们早已恭候多时,等丈夫们一走进村口,妻子们就一拥而上,乱打一通。挨打的丈夫们谁也不许喊叫,不准躲闪,更不准还击,否则会被认为是懦夫。他们边挨打边走,一直走到村中心的广

▼拿着"打夫棒"的印度妇女

▲挨打的男人们

场为止。但在狂欢开始前，妻子们还要找到各自的丈夫，再打一顿。有时打上了瘾，妇女们就不管是谁的丈夫，乱打一气。当然，谁家的男人平日太凶神恶煞，落到他身上的竹棒子也就特别的多。

到了晚上，挨了打的丈夫还得向妻子表示感谢。好景不长，第二天，丈夫又成了家庭的主宰，妻子挨打受骂又成了家常便饭。要想报复，只有等到来年的"打夫节"。

欧美运动员有哪些禁忌

在体育运动中，欧美运动员的禁忌和迷信行为可谓千奇百怪，五花八门。

▼高尔夫球

下面稍举数例便可见一斑。

高尔夫球选手喜欢把一只旧球杆放在袋子里，一般不从正面走向发球座，不从下午1时开始打球，球杆也不能更换，发球时，爱选用有"3"或"5"的阿拉伯数字的球，他们认为这样会交好运。

足球运动员一般佩带"护身符"，认为它能带来好运。球员的"护身符"各有不同。足球队还沿用这样一个习惯，即在更衣室里由年长的球员掷球给最年轻的队员，如果能第一次就把球接住，好运就会随之而来。有人认为，仅系左脚的鞋带也会带来好运气。如超级巨星罗西、普拉蒂尼等就有这种习惯；有的还认为，不能让太太或女友到现场观战，否则会出师不利。

棒球运动员出场时，如果看到观众席上有一个黑发女人对他斜视，他就可能交到霉运；但如果他看见一位红发女郎对他微笑，那么他就会好运连连；如果红发女郎送他一支发夹，他肯定会在棒球赛中表现非凡。但棒球场上如果有狗跑过，那便是最不吉利的征兆了。

赛马骑师禁忌在赛前把马放在地上，否则将是落马的征兆；帆船选手认为，在正式赛前的热身赛中获第一名绝不是好兆头，甚至可能带来厄运。

▲足球运动员

拳击运动员喜欢赛前有人向他吐口水，认为这是好运的征兆。看到沙发上或床上有帽子，则认为这是不祥的预兆。

▼赛马

为什么不能把鱼 "翻" 过来吃

鱼是宴席、饭桌上不可缺少的佳肴，但怎么吃，讲究很多。在我国南方的一些地区，鱼是整个宴席上的最后一道菜，基本上是端出来摆摆样子，谁也不去吃它。

在举行婚宴时，要吃全鱼。吃的时候要注意，只能吃中间的，而鱼头和鱼尾要完好地保留下来，最好是连中间的那根鱼骨头都不要弄断。因为，这是祝福新婚夫妇白头偕老、"有头有尾"的意思。

渔民吃鱼，那就有更多的讲究了。大鱼上桌时，必须将鱼头放在舵手面前，鱼尾放在舢板小老大处，捕鱼手吃

▲婚宴上吃鱼时只能吃中间的

鱼的中段，其他人只能吃放在自己面前的部分。在渔船上吃鱼，要先吃掉上半片，吃完把鱼骨头拿掉，再接着吃下半片，只能按顺序吃，切忌不可把鱼翻过身来吃。这是因为，渔民们在"三面朝水，一面向天"的渔船里，最忌讳的是一个"翻"字。

▼渔民捕鱼

学生一天中除了学习外还有很多自由支配时间，合理安排这些时间，选择一些有益孩子身心发展的娱乐活动，可帮助他们树立正确的价值观，接触实际，接触社会。集邮、摄影、象棋这些都有益于身心的发展。

第**4**章

课外娱乐

集邮有什么意义

▲集邮册

一枚小小的邮票,内容包罗万象,涉及到自然、社会、历史、文化、艺术、军事、科技、民旅风情等各方面的资料。集邮册,就犹如一本百科全书,以其丰富的色彩和形象的内容,使你爱不释手。

人们通过对邮票和其他邮品,如首日封、明信片、邮戳等的收集、整理,可以增长知识,陶冶情操,还可使绷紧的神经得到休息,丰富自己的业余生活。因此,集邮又是一种文化娱乐和积极的休息,是一种高品位的收藏娱乐活动。

集邮活动为全世界各国和各阶层的人所喜爱,普及人数之多,恐怕要算各类艺术品的收藏之最了。据不完全统计,全世界约有近2亿左右的集邮爱好者,我国的集邮者数量也很大。各地都组织了集邮协会,爱好者们在一起交流集邮心得,共同欣赏珍贵的资料,互通有无。天长日久,可以通过这方寸之间的天地,开阔视野,增长各种知识,培养艺术鉴赏力,还可以作为一份宝贵财富传给后人。

▼各集邮爱好者聚集交流心得

集邮包括哪些内容

▲福娃邮票

集邮是以收集邮票为主，还包括收集一些其他的邮品，如首日封、明信片、邮戳等为内容的一项文化娱乐活动。

并不是把各种各样收集到的邮票杂乱无章地放在一起，就算是集邮了。集邮应按照一定的专题和种类，对邮票进行收集和整理，使之成为完整的集邮品。根据每个人的不同集邮爱好和方法，一般可分为以下几种集邮种类。

1、总集邮。也称宏观集邮或按国家来收集邮票。这是按一个国家邮票的发行年代排列起来，研究该国在各个时期的政治、经济、文化等

等。由于各国大都发行有邮票目录或图谱、年鉴，因此，这样的收集，可使集邮者一目了然，知道有什么、缺什么，按图收集便可。但这类收集比较困难，不容易齐全。

2、专题集邮。这是按个人的爱好、兴趣或专业知识进行的集邮方式。例如我国集邮公司就曾推荐过革命领袖、革命事业、节

▼二战邮票邮戳

▲邮戳

日纪念、政治、军事、经济、工农业生产、科学技术、文化教育等专题。这类集邮方法很灵活,容易收集。

3、小品集邮。这是一种针对某一件事所进行的集邮。邮票枚数不计多少,无所谓定规,小巧灵活,形式多样。内容可以是生活中你认为有纪念意义的任何事情。

4、其他集邮。这是专门收集除邮票之外的邮政用品的集邮方式。如收集邮戳、明信片、首日封、纪念封等。

集邮需用哪些工具

集邮爱好者为了收集、研究和保存邮票,应准备一些工具。

镊子是集邮最重要的工具。在取

▼集邮用的镊子

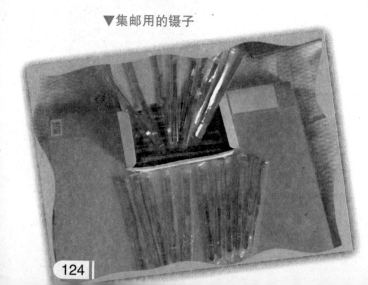

放邮票时,为了避免在邮票上留下指印而影响邮票的品相,必须用专门的镊子。这种镊子不同于一般的镊子,它的顶端是平整无锈的方头,吻合好,在邮票公司有售。

量齿尺是用来测量邮票齿孔的度数的工具。齿孔的度数是指在20毫米的长度内邮票齿孔的数目。我国目前发行的邮票,齿孔一般是11度,即20毫米内有11个齿孔。

放大镜是用来观察邮票上复杂的图案的细部和邮票的品相、版式等。

集邮册是用来存放邮票的,主要有插票册和贴票册。

《邮票图谱》和《集邮》杂志也是集邮者必读的书,可以帮助集邮者了解集邮知识和集邮动态。

常见的邮票有哪几种

▲毛泽东同志诞辰纪念邮票

据统计,全世界各国各地区发行的不同种类的邮票约有 30 多万种。常见的有以下几种类型的邮票。

1、普通邮票。这是自邮票诞生以来便产生的一种邮票。如1840年诞生的第一枚"黑便士"邮票就是普通邮票。它用于各种邮件上,发行量大,使用时间长,选题多为本国有名的人物或具有代表性的事物。

2、纪念邮票。这类邮票是为了纪念国内外重大事件和重要人物而发行的。票面图案以该事件或该人物为主,印上特定的日期,或在纪念日当天发行。这类邮票发行量一定,往往一套若干枚,面值有高有低。

3、特种邮票。这种邮票是为了宣传某些特殊事物或特别成就而发行的邮票,如体育、文化、民族特色、特产、珍禽异兽、发明创造等。

纪念邮票和特种邮票的票幅比普

▼奥运邮票

▲快信邮票

▲包裹邮票

通邮票大些，彩色印刷。有些品种还发行了小本票、小全张或小型张，发行期比较短。

4、附捐邮票。这种邮票的面值，除原定的邮资之外，另有一部分作为附加费捐赠给社会福利事业，邮票上常印有两个数目的邮资。

5、加盖邮票。在原来的邮票上加盖文字、数值或其他图案。常见的是为了改变邮票面值。

6、航空邮票。是专为邮寄航空邮件而发行的。

7、快信邮票。是专为快递邮件而发行的邮票。但许多国家不用这种邮票，而用贴"快递签条"来代替。

8、包裹邮票。是专为邮寄包裹而发行的邮票。

9、公事邮票。是专供政府机关邮递用的邮票。

10、军用邮票。是专为部队或军人贴用的邮票。目前少数几

▼纪念邮票

个国家如比利时、埃及等还在使用。

11、欠资邮票。用于未贴或未贴足邮资的专用邮票，是邮局发现欠资邮件时补贴的应补收邮资值。我国目前用欠资邮戳或欠资签条来代替。

12、小本票。把邮票印刷并装订成小本子的一种集邮品。

▲ 小本票

13、小型纸。从一套邮票中可以选出一枚邮票或几枚分别印刷成面值较高的邮票。

14、小全张。整套邮票都印在一起的 64 枚小全张。

有哪些常用集邮术语

▼ 集邮

初学集邮的人，常常对一些集邮术语概念不清，这影响了与别人的交流和信息的收集。现介绍一些集邮常用术语如下。

枚——邮票的最小单位。

张——凡印在一张纸上、由若干枚邮票组成一个版面的叫做一张。

种——同属一个内容的邮票，无论多少枚、多少张，都称作一种。

袋票——多种零枚的邮票，装在一袋或一包中出售。

罕品——是指存世数量稀少的邮票。

孤品——指某种邮票存世只有一枚。

品相——指邮票本身的质量，如是否完整、清洁、美观、邮戳加盖是否得当等。

志号——用于区别邮票为哪

▲四方连邮票

套——每一次发行的邮票不论有几种，都叫做一套。

组——一套邮票的内容较多时，可分几次发行，每次发行的称作一组。

连——两枚以上相连的邮票叫做连票。有双连、四方连、九方连、十二方连等。

变体——邮票印刷后的图案、色彩、文字等与原设计稿有差异的畸形票品称作变体。

▲袋票

种类别和全套枚数的记号。如我国在纪念邮票左右底分别印有"纪"或"丁"和几个数字。我国发行的普通邮票没有志号。

附票——在正票旁印有相连的附票，其图案或文字同正票一起表达一个完整的概念。

▼附票

什么叫生肖邮票

▲生肖邮票

"世界只有十二个,中国每人有一个"。这一谜语打的就是中国人的生肖属相。当然,生肖属相之说,也风行欧亚其他国家。因此,世界上不少国家专门发行了生肖邮票。由于生肖邮票以每个人的"属相"为主题,因此,它受到集邮爱好者的青睐。

我国第一枚生肖邮票发行于1980年2月15日,那就是第一轮生肖邮票的第一套"猴票"。这枚小小的"猴票"自发行至今,其身价已超过1克黄金的价值。

从1980年2月15日发行第一枚

生肖邮票开始,到1991年1月5日发行"羊票"后,第一轮的生肖邮票共计12枚便出齐了。

第一轮生肖邮票全套票的图案设计,表现手法多样化。

有写实绘画的,有民间泥塑绘画造型的,有剪纸绘画的,还有仿布玩具形态的。大多具有中国传统和民间的装饰风格。

第一轮生肖邮票的票幅均为26×31毫米,整版都是8×10=80枚。

我国第二轮生肖邮票,是在1992年1月5日开始发行的,仍以猴票开头。

▼首套生肖邮票

邮票被污染了怎么办

▼邮票被污染了千万别用橡皮去擦或用湿布去抹

液。然后把邮票放入去污液中浸泡3～4小时，再用镊子轻轻夹住邮票在液体中略加晃动，拿出后在清水里冲洗干净，把邮票正面朝下放在无灰无油污的干净玻璃板或其他平整滑净的台面上，晾至半干。再把邮票夹入书本中，过几天拿出来，你就可以得到一张焕然一新的邮票了。

此外，如果仅是墨水渍痕，还可以用加有食盐的热水来清洗。方法是将邮票放入这种热盐水中浸十几分钟，墨水即可退去。后处理方法同上。

对于红印油或油渍，也可以用点汽油轻轻将其擦去。但这种方法尽量别采用，以免不小心碰坏了邮票。

爱好集邮的人都知道，一张邮票的收藏价值，与它的品相有很大关系。

因此，当你千辛万苦、费尽周折弄到一张心爱的邮票，却发觉它已被油污墨迹污染时，请记住，千万别用橡皮去擦或用湿布去抹，因为那样很易损坏邮票，而且还不能有效地去污。

有几种可以使被污染的邮票恢复干净原貌的方法，不妨一试。

用丙酮液和2%的稀释草酸液，按35：1的比例搅匀，配制成去污

▼丙酮液

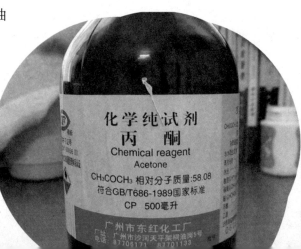

化学纯试剂
丙 酮
Chemical reagent
Acetone
CH_3COCH_3 相对分子质量:58.08
符合GB/T686-1989国家标准
CP 500毫升

广州市东红化工厂

摄影术是何时发明的

▲摄影已成为生活中不可缺
少的、人人喜爱的娱乐活动

科技发展到今天，摄影已成为生活中不可缺少的、人人喜爱的娱乐活动。每逢节假日，或全家老小，或要好伙伴，带着照相机一同外出，选那美的景和开心的笑容，轻轻一按快门，便留下了人生美好的回忆。

可是你知道吗?这一切对于上个世纪的人们来说，简直是不可想象的。那时的人们要想留下一个固定的影像，就只有靠画师的笔了。

人类从认识光影的作用，到能够记录并复制再现它们，经过了一个漫长的时期。

我国古代,在这方面的研究水平是领先于别国的。作为现代摄影技术形成、发展的理论基础之一的小孔成像原理，早在 2400 年前我国战国时期的著作《墨经》中就有所记载了。在公元 1661 ～ 1721 年间，我国就已能制造装有成像镜头的绘画或观景的暗箱。清代陈文述对此作过形象的描述："千里镜于方匣布镜器上，就日中照之，能摄数里之外景，平列其上，历历如画。"同时期，

▼上个世纪的人想留下一个固定的影像，只有靠画师的笔了

▲摄影机

国外也有人发明了一种暗箱，非常接近今天的照相机。可见，光学机械的发展在 17 世纪中叶已有了相当水平，只是碍于感光化学的落后，才使摄影术的发展暂时停滞。

到了 18 世纪，人们偶然地发现了银盐的感光特性，只是未能将其与摄影术联系起来，而且用实验印出的影像不能保留，很快就会消失。

直到 1826 年，人类才第一次将暗箱与化学感光材料结合起来，真正发明了摄影术。这就是摄影史的真正开端。

如何放大照片

放大照片之前，首先要做的事是鉴别底片，也就是鉴别底片的密度与反差，以准确地选择放大时曝光时间和选配感光纸。如反差大的底片，应选用性能偏软的感光纸；密度厚的底片感光时间应适当长些。反之则反。

放大的操作程序主要有以下几点：

1、底片安装。先将底片药膜向下装入底片夹内。底片位置应放在镜头主光轴的位置上，以使结像最好。同时用黑纸将底片影像以外的部分遮去。

▼底片曝光

2、确定放大尺寸,调节焦距和光圈,使投射的影像全部清晰。

3、试样,就是用小块感光纸加以试放,以验证选配的放大纸及曝光时间是否正确。

4、试样满意后,将适当规格的放大纸药膜向上平放在压纸尺的框子里,并注意留出四边白边的尺寸。

5、曝光。根据试样结果,找出最恰当的曝光时间。

通过上述几个步骤后,将曝光后的相纸,进幻显影、定影、水洗、干燥、上光等,便可得到一张满意的放大的照片了。

▲放大后的照片

如何取景

摄影中所说的取景,就是把各种不同的景物,有选择地、合理地安排在有限的镜头画面中,使画面富有艺术美感。

取景最主要的任务,就是集中地、突出地、艺术地表现拍摄主题,而应避开一切与主题无关的或分散注意力、冲淡主题的杂乱背景。

取景构图时,首先要选择拍摄距离。距离的变化,可以形成远景、全景、中景、近景及

▼仙居全景

▲人物照

照相机镜头不同的方向和不同的高度，用最好的角度来寻找被摄对象的最佳特征。一般用正面拍摄可以反映景物的规模和面貌；采用侧面或斜侧面拍摄，能同时表达正面和侧面的特征，主体感强，形式活泼富于变化。拍摄高度有平拍、仰拍或俯拍。平拍是常用的摄影方法，相机高度与被摄景物高度相近；仰拍是从下向上拍，是用来表现景物的高大；俯拍是从上向下拍，常用来拍摄建筑工地、大片风光等，视角范围很广阔。

特写。如果所要表现的是人物，则可取近景或特写，这样才能突出人物，更好地表现人物的面部表情、内心活动和局部动作等；如果在拍摄人物活动的同时，要展示一定的特定环境，则可取全景或中景；如果要表现环境气氛、表现较大场面，那么就应取远景或全景了。

其次，应选择好拍摄角度。通过

此外，取景时还应注意构图的动向和稳定性。动向即指在景物的动向去处或前方留有一定空隙。稳定性是指应避免诸如水平线倾斜、景物头重脚轻等，给人一种不稳定的感觉。

▼平拍是常用的摄影方法

如何拍夜景

每逢节日，各种建筑物、商店大门、大街两旁及各种树木上，都被璀璨的灯饰所装饰，把整个城市的夜景装扮得星光闪烁、美丽壮观，从而吸引了不少摄影爱好者。

如何能拍好夜景照呢？

1.拍摄夜景，要用三脚架。把照相机固定在三脚架上，盖上镜头盖后打开B门，利用取下或盖上镜头盖控制曝光时

▲水中夜景

间和曝光次数。

▲三脚架

2. 曝光不宜太多。一般按正常曝光时间减少 1/3 或 1/2，使夜景中的天空色调呈浅墨色，保持夜晚气氛。如曝光时间过长，灯饰会因曝光过多而失去鲜艳的色彩。例如，当拍摄对象主要为街头灯饰，拍摄距离 15 ~ 20 米，光圈为 8 时，曝光时间宜用 1 ~ 6 秒；当拍摄较大的城市夜景，现场条件为灯光集中的商业中心，光圈为 8 时，曝光时间宜采用 20 ~ 30 秒。

具体的曝光时间请参考有关书籍，并在实践中不断积累经验。

3.拍摄时闪光灯的方向应与灯光源

▲雨天光滑的地面

照射方向一致。也可用十字滤光镜或星光镜之类的辅助用具来拍摄,可取得特殊效果。

4.拍摄夜景,一定要注意构图简洁、主题突出。因为夜景中的灯光颇多,若不注意构图,照片上会灯光串串,让人眼花缭乱,难以久看。

5. 还可利用雨天光滑的地面和水面,拍摄夜景中的建筑物、灯光的倒影,使主题与倒影相映成趣,平添趣味。

如何拍儿童照

要想拍好儿童照片,必须根据儿童好动的性格,进行抓拍。这样拍摄出的照片才能表现儿童天真活泼的表情。

给一些年岁较小的儿童拍照时,应选一个适当的环境,调好光圈和快门速度,选择恰当的距离。一般以选用1/125秒以上的快门为宜,拍摄距离应选3米以内为好。背景要简单,人像比例要大。然后耐心等待,趁儿童玩得开心、表情自然时再揿下快门。这样拍下来的照片才会自然、纯真,能表现出儿童的特征。儿童的表情富于变化,应在临场多拍几张。

给婴儿拍照时,应事先让他们吃饱、睡足,在他们精神最佳时进行拍照。也可准备一些色彩鲜艳的玩具作摄影道

▼儿童照

具，使拍出的照片富于情趣。

给年岁较大的儿童拍照较为容易。拍照前，可以向他们说明所需要的姿势和神态，对他们进行"说戏"，他们即获得启发和诱导。他们一旦理解了你的意图，就会很好地进行配合，从而获得满意的摄影作品。

拍摄儿童群体活动的照片是比较

▲给年岁较大的儿童拍照较为容易

困难的事。一要了解儿童的活动和心理状态；二要选好最佳角度；三要耐心等待时机。

什么是标准镜头、广角镜头、摄远镜头

摄影中所说的标准镜头，是相对相机所使用的胶片尺寸而言的。即用标准镜头所拍照片的效果，也就是我们通常从水平角度观察景物时所见的效果。换句话说，我们观看一个景时，能被我们清晰地看到的范围，大体上就是通过这种标准镜头所能拍摄到的范围。比这个范围大时，就叫做广角镜头；比这个拍摄范围窄时，就叫做摄远镜头。

例如，对使用的35毫米胶片的照相机来说，焦距为50毫米的镜头就是标准镜头。如用28毫米或20毫米焦距的镜

▼广角镜头

▲胶卷

头拍摄，其效果就是广角的。而105毫米、135毫米、200毫米焦距的镜头就都算是长镜头或摄远镜头了。但对于使用2英寸胶卷的照相机来说，75毫米焦距的镜头才是它的正常镜头。

可以用一个简单的方法来判断是否为标准镜头。即量一下所用胶片的画面的对角线距离。那么，这一数值应与标准镜头焦距值大约相同。

如何保护照相机

保护照相机最主要的就是保护镜头，因为镜头是照相机最重要的部分。相片照得怎么样，除了照相技巧外，就决定于镜头的质量了。保护镜头，一是要保持镜头清洁。镜面上如有灰尘，应用镜头纸或橡皮球将灰尘除去，切不可用手帕、布之类的东西去擦灰。镜面上若有污点，可涂上镜头清洁剂，再用脱脂棉擦干，用力宜轻。二是避免照相机的摔跌。因为照相机镜头遇到剧烈震动，会致脱胶而不能使用。三要避免镜头受潮。四要避免强烈日光的长时间照射。平常，相机不用时，要罩上镜头盖。

快门，也是相机上的一个重要部件。它用来遮断光源，控制镜头通光时间。使用中心快门的相机，应在上快门前调整好快门速度圈，然后卷片；如已卷片就不应再去调整速度圈，否则会损坏快门。如使用慢速度快门，在快门未闭合前，不能扳动自拍扳手，否则快门易被

▼相机不用时，要罩上镜头盖

轧死。相机不用时，不要将快门上紧，以免弹簧疲劳易损。

另外，雨天外出摄影应用雨伞挡住相机，不能让相机被雨水淋湿。带有测光系统和电子控制部件的相机，应避开强磁场或强电场的干扰，以防控制失灵。长期不用相机，应将内装电池取出，不然电池析出的渗漏液，会腐蚀相机。

▲雨天外出摄影应用雨伞挡住相机

什么叫国际象棋

国际象棋是国际上流行的一项体育活动，20世纪初传入我国，当时称为"万国象棋"。

国际象棋的棋盘是正方形的，由黑、白两种颜色交替排列的64个方格组成。直的排列叫直行，横的排列叫横行，方格斜角相连叫斜行。

国际象棋的棋子是立体的、象形的，分为黑、白两色。双方各有16个棋子，一个王、一个后、两个车、两个象、两个马和八个兵。每一个棋子的走法规则也是不一样的，其中，后是最灵活、威力最大的棋子。

国际象棋的基本规则有：摸子走子、落子无悔、将军、和棋等。常用的布局法有：法兰西防御、英国式布局、意大利布局、西西里防御、双马防御、后翼弃兵等。

下好国际象棋，要多阅读棋谱，多看名手布局。

▼国际象棋

什么叫120相机与135相机

现在大多数家庭都拥有照相机，常见的有120相机和135相机。但为什么这样称呼它们，许多人却不知道。

120相机和135相机是因使用120胶卷和135胶卷而得名。"120"和"135"是两种规格胶卷的商品编号。

▲老式照相机

▼120相机

120胶卷又称布郎尼式胶卷或B2—8型胶卷。

早先的胶卷是由生产照相机的厂家事先装入相机内，拍照后连同照相机一起送回厂家冲洗。1900年，布郎尼设计了一种小巧的箱式照相机，并以他的名字命名。这种相机使用的胶卷带有护纸，能在白天进行装卸，一次可拍摄57×57毫米的画面6张。这使胶卷的生产有了一个重大的改革。直到1929年，要求能拍摄12张6×6厘米画面的胶卷才制作出来，这就是我们现在通常使用编号为"120"胶卷的开始。

135 胶卷也称 35 毫米胶卷,或称莱卡(Leica)型胶卷。

早在 19 世纪末,电影业已在欧美兴起,使用的电影胶片中,以 35 毫米的规格最为流行。1913 年,使用这种电影胶片的小型照相机问世了,称为莱卡 I 型照相机。但当时胶卷的安装很不方便,需在暗室里剪裁胶卷、装进暗盒;取卷也需在暗室里进行。直至 1938 年起,通用暗盒的 135 胶卷才诞生,胶卷采用 35 毫米的电影胶片(宽度为 35 毫米),因而又称 35 毫米胶卷。使用这种胶卷又从莱卡照相机开始,故又称作莱卡型胶卷。

▲莱卡照相机

"120"、"135"原为美国柯达胶卷的编号,胶卷为各国使用。当这两种胶卷被确定为国际标准之后,两个编号便正式为全世界所公认。

▼电影胶片

什么叫围棋

▲围棋的胜负决定于双方
活棋所占地盘的大小

我国传统的琴棋书画四大艺术中的"棋"，便是指的围棋。围棋在我国有近4000年的历史。经过几千年的发展和完善，围棋已成为一项深奥莫测的智力运动。由于它的寓意精深和变化万千，人们称之为数学的艺术、智慧的化身。

围棋的棋盘呈正方形，由纵横各19道等距离的平行线互相交叉而组成，构成361个交叉点，棋子即下在交叉点上。

棋子分为黑、白二色，形状为扁圆形。黑子有181个，白子有180个，由两人对局，黑方先走。在棋子上下左右紧

邻的交叉点，称为"气"。一个棋子的"气"全被堵住时，它就可以被"吃掉"。当一方的几个棋子围住一个交叉点，这个交叉点就叫作"眼"。一块棋，至少要有两个眼才能活棋。

围棋的胜负，决定于双方活棋所占地盘的大小，即在棋盘上所占的交叉点有多少。占得多者为胜，少者为负。

围棋的布局是整盘棋的基础。通常说的"金角银边草肚皮"，指的就是布局。

一局棋大致能分成开始时的布局、中盘时的厮杀、收官子等三大部分。

▼围棋棋盘

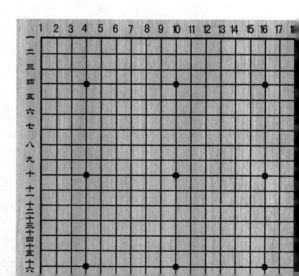

什么叫桥牌

桥牌是一种数字化概念很强、智慧型的纸牌游戏。桥牌的起源有说是从英国的"惠斯特"牌戏发展而来，有说是从中国古代的"叶子戏"演变而成。

桥牌的四人进行的比赛游戏，以相对的两人为组，与另一组对抗。按坐位方向分成南北方、东西方。也可四人组成一队，若干队之间，进行队际复式比赛。

桥牌用的牌，就是普通扑克牌，弃除大小王，共52张。按顺时针方向依次发牌，每人各得13张牌。

▲桥牌用的牌，就是普通扑克牌

▼桥牌

比赛分两个阶段进行，即叫牌阶段和打牌阶段。叫牌阶段由发牌人开叫，按顺时针依次叫牌。叫牌是根据自己牌的特点，叫出某个数字和花色。叫牌是决定胜负的一个关键。不但要叫出自己这手牌的实力、牌型等，与同伴间互通信息，而且还要叫得自己与同伴间的牌能相配合，搭成"桥"。

打牌阶段是决定胜负的一个重要过程，每人每轮各出一张，4张合

▲桥牌比赛

一起为一墩,13轮共计13墩。4张牌出齐,哪一方的牌最大,即赢得这一墩。

　　牌打完后,就要根据规定,来计算分数了。桥牌的计分比较复杂,大体上可分为基本分、奖分和罚分三类。有计分表可资查核。

　　打桥牌要用到概率论和心理学等知识,要有较好的记忆力的逻辑推理能力。需要双方很好地配合和协作,以及熟练的技巧方能取胜。

什么叫电子游戏机

　　电子游戏机是现代科技的产物,是将趣味性游戏与计算机技术相结合的娱乐项目。

▼电子游戏机

　　电子游戏机有很多种类,但其构造原理都基本相同,主要由电视显像屏幕、计算机控制部件、游戏卡及操作件等四部分组成。大型的电子游戏机这四部分是组装成一体的,而小型电子游戏机则是各个独立的,相互间有插口相连。显像屏幕多数都是利用电视机(彩色电视机或黑白电视机)来承担。四大部分随时随地结合而成,因为有连接插口,使用十分方便。

　　电子游戏机有各种型号、各种类型,但从规格尺寸和使用上来分,大体可分为两类:一类是大型电子游戏机,其配件完整,体积和重量较大,价格也较高,适合于专营游乐场所使用;另一类是小型的家庭用电子游戏机,其体积小,重量轻,价格便宜,使用方便。有数百上千种游戏卡可供这类游戏机使用。现在,市面上还有一种微型游戏机,俗称"手掌机"。它的使用更简单,节目软件是固定在机器内部的,因此,

▲PSP 电子游戏机

一般"手掌机"只有一到两种节目源,多为受大家喜爱的、流行的电子游戏节目。

如何选择好玩游戏机的时间

玩电子游戏机,可以培养和锻炼人们的思维、反应、处理问题的能力,以及大脑与眼、耳、手等器官的协调能力。有的人作过调查,认为常玩电子游戏机的孩子除反应敏捷外,处理问题往往能考虑全面,组织指挥能力较强。

但玩游戏机也会产生一些消极影响。因为玩游戏机很易上瘾,尤其是孩子很易痴迷其内而不能自制。长时间下来,会引起诸如视力下降、不专心学习等

不良结果。

如何选择玩游戏机的时间呢?可以

▼玩游戏机

间地连续玩游戏机,会使他们的视力大大下降。尤其是玩游戏机时,儿童都是那么全神贯注地不眨眼地盯着电视荧光屏看,这使得眼睛很易疲劳,而他们自己却全然不知。为此,科学家做过研究,玩游戏机时,屏幕上间歇性光源线闪动,会造成儿童的游戏机过敏症,而使人处于催眠状态,导致一种意志丧失症。科学家认为,在玩60分钟之后,孩子就会开始出现游戏机过敏症的有害的催眠作用。因此,每次玩的时间不要超过1小时,或每天玩两次,每次半小时。

另外值得一提的是,"手掌型游戏机"不适合儿童玩,因为"手掌机"的屏

▲"手掌机"不适合孩子玩

从以下两个方面来做。

第一,选择每天玩游戏机的恰当时间。例如,根据现在学校的教学情况及儿童生长发育的特点,一般说来,玩游戏机的时间应放在每天放学做完家庭作业后。中午不宜玩游戏机,儿童中午应睡午觉。否则,会影响下午的学习。刚吃完饭不宜玩游戏机,那样会影响肠胃功能;睡前也不宜玩游戏机,因为易引起大脑高度兴奋,影响睡眠。星期天可以适当多玩一会儿。

第二,控制每次玩游戏机的时间。儿童的眼睛尚未发育成熟,一次性长时

▲游戏机的荧光屏使眼睛很易疲劳

幕显示采用液晶显示方式,清晰度差,图案又小,对孩子的眼睛很有害处。

什么叫谜语

谜语是一种语言技巧、语言艺术，有它独特的规律而自成体系。在联欢会、朋友聚会、家庭娱乐等各种娱乐场合，猜谜活动都受到大家的欢迎。

猜谜是一项有益的文娱活动，既可启发想象，锻炼智力，又能增长知识，丰富生活。

谜语实际上又分为民间谜语和灯谜两大类。灯谜专指文义谜，因常贴于灯笼上而得名。其特点是利用中国文字的音、形、义的变化，用会意、别解、离合等手法制谜。民间谜语简称谜语。其特点是着重抓住事物的某一个方面，如形状、动态、性质、用途等，用歌谣的形式制谜，又称事物谜。其他还有一些哑谜、画谜、连环谜等谜式，不太常用。

谜语一般是由谜面、谜目、谜底三部分构成。用以启示人们猜测的语言叫谜面，规定答题的范目叫谜目，谜底就是答案。例如：

"从上至下，广为团结"（打一字）。谜底："座"。其中，谜面是"从上至下，广为团结"，谜目是"字"。

谜语在我国的历史很悠久，历经数千年而长盛不衰，深受广大群众的喜爱。谜语有四大特点：丰富的知识性、浓厚的趣味性、严密的逻辑性、强烈的启智性。少年儿童经常参加猜谜活动，可以培养分析、概括能力，激发形象思维，扩展知识面。

▼在联欢会、朋友聚会、家庭娱乐等各种娱乐场合，猜谜活动都受到大家的欢迎

▼猜谜活动

怎样猜灯谜

灯谜的谜面用字精炼,提示较少,比较难猜。有时还注明了谜格,这样谜底就需按一定的规则来扣合谜面。现介绍几种常见的灯谜猜法。

1、会意法。即谜底是按照谜面的含义来猜的。如"巴蜀乡音"打一个"训"字。

2、增损离合法。猜谜时要

▲灯谜会

下部,下边是"去"的上部,合成"至"字。

3、象形法。不是根据谜面的含义求谜底,而是以谜面所说的形象来扣合谜底。如"两人踩钢丝",打一"丛"字;"镜子里边照着人",打一"人"字。

4、别解法。将谜面的字另作别的意思解释,来扣合谜底。如"晚会",打一"多"字。"晚"扣"夕";"会"别解为相会之意。"夕"与"夕"相会,合成"多"字。

▼灯笼

将谜面的某一字(或偏旁部首)增加或离去,然后重新组合成另外的字,来扣合谜底。如谜面是"上头去下头,下头去上头"打一个"至"字。即上边是"去"字的

5、假借法。有以人名、地名做假借的，有以生肖、朝代、时间等做假借的。如"黛玉大喜"打一京剧名，谜底《快活林》。这里假借了《红楼梦》人名，用"林"代"黛玉"，便可猜知谜底。

6、故纵欲擒法。谜面中故意将那些大家熟悉的，已约定俗成的词和句中漏失某个字或词（故纵），猜谜时须将谜面中失去的部分找回来(欲擒)，找回的往往是谜底中的关键字眼。如"春夏冬"打一节令名，谜底为"中秋节"。

▼红楼梦人物图

谜语还有哪些谜式

谜语除了已介绍过的民间谜语和灯谜之外，还有几种谜式。

1、哑谜。这是一种趣味性、娱乐性很浓的谜式。常用实物作谜面，要求猜谜的人不说话，做一个动作表达出谜底。

2、画谜。是用画面作谜面，猜谜者用会意、象形或画面中隐含的寓意等来猜出谜底。如画面是一只大石榴，露出

▼画谜

例①（打数学名词）
谜底：立体几何

例②（打成语）
谜底：相提并论

例③（打俗语三字）
谜底：纸老虎

例④（打俗语三字）
谜底：势利眼

例⑤（打艺术品）
谜底：山水盆景

例⑥（打围棋术语二）
谜底：双飞燕、中盘

了粒粒饱满的石榴子，要求打一饮料名，谜底是"果子露"。

3、连环谜。这是一种谜味和诗味很浓、妙趣横生的谜式，它的猜谜方法是以谜解谜，或把谜底隐藏在一首诗中，反过来让对方去猜。有时可以连着几个连环。古代的文人骚客很喜爱这种谜式，它反映出一个人的机敏、知识渊博及文学诗词方面的修养。如唐人曹著幼时就很机敏，有个客人给他猜了一个谜："一物，坐也坐，卧也坐，立也坐。"曹著应声回敬客人一个谜："一物，坐也卧，立也卧，行也卧"。并说："我的谜可以吞下你的谜"。第一个谜底是"蛙"，第二个谜底是"蛇"。曹著当场以谜解谜，可见其机敏之极。

▲大石榴

4、辐射谜。这种谜式的特点是一面多底。如"万紫千红"，打一成语、一影片名、一《水浒》人名、一字。这样的谜，往往应从一个谜底突破，而后展开联想，辐射开去。这个谜底分别是"百花齐放"（成语）、《百花争艳》（影片名）、"花荣"（《水浒》人物名）、"艳"（一字）。

▼青蛙

▼蛇

谜语与诗有什么关系

▲范曾国画《杜牧雅趣》

诗，是蕴藏着丰富的想象和感情、语言高度精炼而含蓄、意境深远的文学体裁。表面上看，诗与谜语是各不相关的两类事物。其实两者有不少共同之处，往往是谜中有诗，诗中有谜。有的好谜，语言隽永、音韵铿锵、对仗工整，读来有浓郁的诗味。有的诗蕴藉含蓄，通篇隐隐约约，不露锋芒，诗句就像谜面，诗题倒成了谜底。例如，杜牧有首《鹭鸶》诗：

雪衣雪发青玉嘴，

群捕鱼儿溪影中；

惊飞远映碧山去，

一树梨花落晚风。

此诗描写得多么形象！有人说是"鹭鸶谜"。

我国的灯谜，常常采用诗歌的形式与表现手法，读来朗朗上口、诗意盎然。如"小小诸葛亮，独坐中军账，布下八阵图，活捉飞来将"，用的就是五言绝句的形式，既有诗味，又有谜味。有的谜语猜的就是某句诗。因此，猜谜人往往还要具备文学诗词方面的知识。有的谜语的谜面就是一句

▼诗

▲清明诗

诗。因此,诗与谜是紧紧相连的。

古代的一些文人,为了表现机敏和才智,猜谜时,往往猜着了不直说,或以谜解谜,或把谜底隐藏在一首诗中,很有趣味。如《苏小妹三难新郎》中记载,苏小妹给秦少游出一谜:"铜铁投洪冶,蝼蚁上粉墙。阴阳无二义,天地我中央"。秦少游猜出谜底是"化缘道人"四字,却不肯直说,而是作了一首诗,把谜底藏于其中:"化工何意把春催?缘到名园花自开。道是东风原无主,人人不敢上花台"。将每句的首字取出,便是谜底,不可谓不妙。

只有在我们这个传统文化历史悠久、光辉灿烂的国度里,才会有这样绝妙的语言艺术。

如何插花

插花是一种艺术。由于各人的审美情趣不同,插花的方法和造型也不同。

插花材料可根据季节、条件因时因地选择。一般春季有紫罗兰、鸢尾、芍药、郁金香、梅花、牡丹、海棠、玉兰、紫荆、丁香、紫藤、春鹃等;夏季有石榴、菖兰、含笑、白兰、茉莉、石竹、荷花、翠菊、万寿菊、大理、百合等;秋季有桂花、水芙蓉、扶桑、月季、建兰、铃兰等;冬季有一串红、山茶、腊梅、银芽柳、迎春、水仙、慈姑花、康乃馨、南天竹等,都可选

▼插花

为插花材料。

插花容器的选择应与花枝长短、花型大小相衬。常用的有花瓶、水盆、花篮甚至碗、碟、罐头盒、竹筒等。木本宜用大瓶，草本宜用小瓶。颜色可与花色一致，或是花色的对比色。

插花用的工具有花插座、瓶口稳定架、粘胶、剪刀等。这些可去花市购买，也可自制。

插花造型有自然式，即仿自然界中天然生长的姿态，多用野花、野草，将山野乡趣搬入室内，令人心旷神怡。图案式，是以几何图案结构的美学观点进行布局的。一般以一朵或若干朵花卉为主体，衬以绿色植物。初学者可用三角形图案进行练习，容易掌握。盆景式，这是一种以枝丫为主体，配以小花陪衬，着重意境构思的插花形式。花篮式，容器选用各式花篮，花枝较多而饱满，插花时讲究韵律变化，层次丰富不重叠。

另外，插花还要与环境统一协调起来。如家庭居室插花应着重体现温馨、高雅的意境；喜庆宴会则应选花茂色艳、尺寸较大的插花，烘托热烈、欢快的气氛。

▼插花老人

▼碗内插花

如何养水仙花

▲水仙花

水仙花，娟娟素雅，冰骨玉肌，品质清逸高雅，花姿婀娜动人，花香清幽淡雅。花期正值春节，更为家庭增添一份温暖、祥和的气氛，故而受到许多人的喜爱。

如何养好水仙花，使其更具观赏价值呢?应注意以下几个问题：

1、家庭养水仙，多用水盆培养。11月中旬前后，将鳞茎外部干枯的鳞皮剥除，用小刀在其上部纵横割一个十字纹。

小心不要伤了花芽。

2、将加工好的水仙球放入水盘中，用砂石或雨花石、小鹅卵石等压住根部，既可保持稳定，又能增加美观。

3、加清水到盆内，一般以淹没鳞茎球的三分之一为宜。每隔二三天换水一次。

4、光照要充足，否则会出现叶子徒长、花头瘦弱、少开花甚至不开花的现象。

▼水仙球

5、温度要适当。水仙虽抗寒，但温度太低，会使水仙生长缓慢，花期延迟。温度太高，对水仙花生长也不利。水仙最好放在低于12℃，但又不至结冰的房内。

6、可以自己雕刻蟹爪水仙。选用较大的水仙球，以利刀小心地削去球之半侧，近根部处可多留一些。将切口处分泌出的粘液洗干净，然后把切口朝下，浸泡在清水中过一夜；次日，再把切口处分泌出的粘液刮除，反复冲洗干净。然后将末削一面向下，置于水盆中，每天放在阳光下晒。12月中下旬开花，由于花、叶均弯曲向上，姿态像蟹，十分好看。

▲蟹爪水仙球

如何训练鹦鹉说话

▼鹦鹉

"鹦鹉学舌"这句话，往往被用来比喻别人怎样说，也跟着怎样说。鹦鹉善学人语，世人皆知。一只训练得好的鹦鹉，能说好多句子，甚至还会唱歌。

训练鹦鹉说话，首先要使它和人亲近，对人没有恐惧感，然后才可开始教它说话。每天给鹦鹉充足的水和食物，保持清洁，使它精神愉快。

调教鹦鹉，以清晨为好，因为鸟在清晨较为活跃。训练时的环境要安静，要有耐心。要发音清晰，不含糊。选择的语句要简单明白。每次只能教一句话，数天反复教这一句，直到鹦鹉学会，学会后还要巩固。在它没有熟练前，千万别教第二句话，否则，会把鹦鹉搞糊涂的。当所教语句较长时，可以分段训练。

在教鹦鹉说话时，如果发现它不注意声音，而专门注意人时，人就应该藏起来，只是发出声音来教鹦鹉，这样，鹦鹉才会专注学语。平时教话时，人也不应太靠近鹦鹉。

如何饲养金鱼

金鱼体态优美，色泽鲜艳，戏游碧水之中，薄纱轻摇，悠然自得。家里养一缸金鱼，可美化环境，增添情趣。

家庭饲养金鱼，多选择玻璃缸。鱼缸摆放的位置，应避免太阳直射，以免水温急剧上升。鱼缸的大小，决定了养鱼的数量，一般应少些为好。同时，还要避免大小混养。

养鱼的水质极为重要。干净的河水、井水、泉水、自来水都可养鱼。家庭养鱼，

▲金鱼缸多选玻璃缸

▼金鱼

自来水来得方便。但自来水中含有氯气，必须在日光下晒 2～3 天，才能使用。

养鱼，夏季要每天换水，其余季节每二三天换一次水，以保证水中足够的氧气。每次换水量约为整个水量的 1/4～1/3。用吸水管吸出缸底的脏物，再注入新水。

金鱼的食谱很杂，饭粒、面包屑、饼干屑、鱼虫、豆饼等都吃。但喂养金鱼，夏天最好喂鲜活的鱼虫，可使水质保持清洁。冬天可喂活蚯蚓(切成碎片)或鱼虫干。面包屑等易使水变质，最好不用。带油腻食物切忌喂鱼，鱼水中也不要有油污。当水温在5℃以下时，鱼儿进入冬眠，可不喂食。

金鱼体质娇嫩，易生病。常见鱼病有白点病、水霉病、赤皮病、肠道疾病等。金鱼得了病，一般较难医治，应

▲如发现有生病金鱼应隔离治疗

以预防为主。一旦发现哪条金鱼生了病，应立即捞出，隔离治疗。

饲养鸽子有哪些要点

民间饲养鸽子，在我国已有2000多年的历史。我国各地均有养鸽协会，经常举办养鸽展览会、竞翔会等。鸽可用于食用、观赏、通讯、药用、国防、体育、科学实验等方面。

养鸽子首先要为鸽子搭间宽敞、干净的鸽棚。鸽棚材料可以是木、竹，也可用砖砌。里面配备鸽窝、食槽、饮水器皿、巢盆等。鸽棚应装设活动木板，以便随时取下清扫粪便污物。

菜鸽的主要饲料是玉米，配以适量蛋白饲料、矿物质及青饲料等，这样有利于鸽子的生长发育。

信鸽的主要饲料为玉米、绿豆、麦

▼鸽棚

▲鸽是一夫一妻制

类、豌豆等。信鸽喜食带壳谷物，也要配以骨粉及青绿饲料。每天要喂给干净的水，每天需采光16小时左右。夏天每周让鸽子洗一次澡，冬天每月洗一次。澡盆水深10～15厘米。

信鸽训练或竞翔归来后，应先喂水，有条件可先喂葡萄糖水，再喂淡盐水，然后进食。

鸽子的食槽、水钵、浴盆应每天进行刷洗。吃食中若发现有污，应立即更换。鸽舍、鸽窝要每天清扫。

鸽是一夫一妻制。6～8月龄时可供其自由择配，也可人工配对。雌鸽交配后，隔6～7天就开始自衔筑巢材料，此时要注意提供稻草、细树枝等。一般全年可孵化4～5次。鸽子不能近亲繁殖。

鸽子患肠胃炎可口服黄连素1片。患鸽痘可将痘挑破，用2%～4%硼酸水洗净，再涂紫药水。

▼菜鸽的主要饲料是玉米

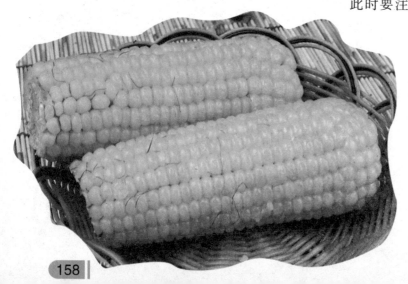

怎样饲养家兔

三瓣嘴、红眼睛、长耳朵的小兔子着实逗人喜爱，足可作为玩赏动物；此外，兔子的饲养价值很高，兔肉具有较高的营养价值，肉质细嫩，兔毛与兔皮都有很高的经济价值。

家兔应该笼养，一兔一笼。笼舍要通风干净，经常打扫。家兔是食草动物，食谱很广。一般春天吃牧草、蔬菜，夏天吃野草，秋天吃三水饲料，冬天吃青干草。同时搭配些米糠、麸皮、油饼等补充各类营养。

▲兔子偷吃水果

种公兔在配种前或配种期间，可加喂动物性饲料、蛋壳粉或骨粉等，以及适量食盐、维生素制剂等。

种母兔怀孕和哺乳期间，每天供应精料 100 ~ 150 克，临产前几天减精料，增青绿多汁饲料，注意补充矿物质饲料。

家兔繁殖，初龄以母兔 6 ~ 7 月龄，公兔 7 ~ 8 月龄为宜。繁殖年限约为 3 ~ 4 年。母兔孕期为 30

▼家兔是食草动物

▲绿釉陶瓷兔子

吃奶。1月龄时要转向喂料为主。45天后应分批断奶。

常见的兔病有巴氏杆菌病,症状是体温升高、呼吸急促、打喷嚏等。可注射青霉素,喂服磺胺甲基嘧啶片。疥癣病,症状是初起耳根内缘红肿,流出粘液结成黄色痂皮。可用1%精制敌百虫水擦洗患部。球虫病,分为肠球虫和肝球虫两种。可用氯苯胍预防。

~31天。应在孕期第25天将孕兔移入产笼。母兔拉毛8小时后即将分娩。

初生兔仔约12天开眼,尽量让其早

怎样扎制风筝

风筝在我国有2000多年的历史,它不仅是一种娱乐用品,也是一种造型别致、制作精巧的工艺品。古时候,北方人称风筝为纸鸢,南方则称之为鹞子。后来,有人在鸢眼处加上竹笛,放飞上天,风能使它发出筝一样优美的声音,故称"风筝"。

扎制风筝要准备一些竹条、纸、乳胶、颜料、线桃子及提线等。竹条用来扎风筝的骨架,选用棉纸或皮纸糊成风筝的身子。

扎制风筝的基本步骤是:

1、扎。根据设计好的图案及尺寸大小,将竹篾结扎成形,需要弯曲的地方加火烧,交叉处用线扎紧。

▼放风筝的孩子们

2、糊。骨架扎成形后,可以往上糊白纸。粘合时最好用乳胶。糊纸时应注意尽量糊得平整、牢固,不要把纸弄破。

3、彩绘。扎糊好的风筝,根据设计图案进行绘画上彩。彩色的颜色宜鲜艳些。另外还要附加彩穗,穗子可用纸剪成,也可用丝线制作。不仅是点缀,而且起着平衡作用。

4、系提线。提线的根数有一根、二根、三根不等,多系在风筝前半部。放飞时,可根据情况调整提线。

▲放风筝

如何用扑克牌变魔术

民间称魔术叫"变戏法"。它以特殊的艺术手段、变幻多端的神奇,引得

▼一幅扑克可以表演许多魔术

人们猜测、好奇,十分受人喜爱。

许多道具简单、艺术手段别致有趣的小魔术,已成为家庭娱乐的一种受欢迎的游艺形式。扑克牌魔术,便是其中一种。

1、剪牌不断。拿一只信封和一张牌给大家看清楚后,将牌装入信封,用剪刀拦腰剪断信封,然后再从断信封内抽出刚才那张牌来,却是一张完整的牌,丝毫没有被剪过的痕迹。

这个魔术的秘密在于信封的制作,在信封背面的中间,预先横着划一条缝。纸牌插入信封时,应使一头由裂缝中穿出，用剪刀剪信封时，暗将信封换一头拿，再用手指将牌弯下来，然后剪没有牌的那半边。玩这个小魔术时，手法要快，剪时不能让人看到信封背面。

2、猜牌。先将一副牌交给观众检查。然后请观众随意从全副牌中一张张地抽出牌来，每抽一张就交给表演者。表演者接过，拿在右手中，牌面向外，就能准确地猜出每一张牌的花色、点数。这个小魔术的关键是要眼快手快，在接过牌后，非常迅速地将牌稍微向内弯转一些，

▲玩扑克

这样，就能看到这张牌左下角的角码和花色标志。

什么叫旅游日和旅游年

为了纪念世界旅游组织（WTO）章程的诞生，世界旅游组织将每年的 9 月 27 日定为世界旅游日。这一天，也是北半球和南半球旅游旺季互相交接的日子。

每一年，世界旅游组织为世界旅游日提出不同的口号。这些口号简短有力，意义深远。如 1980 年的世界旅游日的口号是："旅游为保存文化遗产、为和平及相互了解作贡献。"

▼世界旅游组织标志

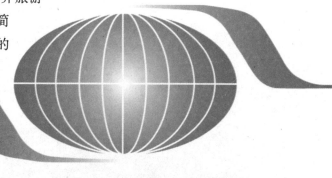

1983 年的口号是：“旅游和度假是所有人的一种权利，也是一种责任。”1990 年的口号则是：“旅游教育所有人。”

近一二十年来，世界旅游业发达兴旺，跻身于世界三大产业。各国为了竞争国际旅游市场，无论是旅游业较为发达的国家，还是后起之秀，都竞相举办“旅游年”活动，根据自己国家的旅游特色，发起促销攻势，争夺更多的客源，对推动旅游业的发展发挥了重要作用。

▲观光旅游车

如泰国，在 70 年代末，旅游业曾出现下降趋势。为促进客源增长，泰国旅游局将 1980 年规定为泰国旅游年。结果，客源增长 16.8%。

欧洲共同体在 1990 年曾举办欧洲旅游年，其目的是为迎接 1992 年统一大市场的建立，使各国政府和公众更好地认识到旅游业的重要性及其社会价值。

有的国家为筹办旅游年，不惜花费大量的经费进行宣传活动。有的国家为宣传本国的旅游景观，还精心拟制了独特的旅游宣传口号。

▼泰国风光

你知道这些人文景观中名词术语的意思吗

当你游览全国名胜古迹时，当然少不了一些亭台楼阁、历代宫殿寺庙、塔幢墓碑。给你介绍一些常见的有关的名词术语，将会使你的游览更高层次，收获更大。

飞檐：我国古代建筑屋檐的一种形式。檐口微度上翘，屋角反翘更高，状如飞翼。

重檐：房屋上下两重出檐称重檐或双檐，仅一重的叫单檐。

午门：宫廷紫禁城之正门，上有重楼九间，俗称五凤楼。

端门：皇城的正门。今故宫天安门后面的一重门，即端门。

石辟邪：是陵墓前的石兽，是传说中的神兽。

▲午门

▼飞檐

石像生：指古代陵墓前，排列在两旁的文臣、武士、兽等石雕像，也叫神道石刻。

方城：帝王陵寝中宝城的组成部分，上有明楼，下为方城。

耳室：正屋两面的小室。宋代以前墓穴之砖室，两旁砖壁中有小

▲舍利塔

室,亦称耳室。

地宫:帝王陵寝的地下宫殿,置棺椁和殉葬品。

宝城:帝王陵墓"地宫"上面的城楼。

舍利塔:释迦牟尼死后火化,在骨灰中,取得五色珠状之物,称为舍利子。造塔埋藏舍利子,称舍利塔。

塔刹:佛塔顶部的装饰。

电影导演都干哪些工作

电影导演是把文学剧本搬上银幕使其成为影片的艺术家。他是电影艺术创作的组织者和领导者,把电影文学剧本搬上银幕的总负责人。他负责调动并掌握电影这一综合艺术各部门的创造力和积极性,用以协同地和谐地完成影片的创作。

电影导演在影片摄制阶段负责组织和指挥工作。作为电影创作中各种艺术元素的综合者,导演组织和团结摄制组内所有的创作人员和技术人员,发挥他们的才能,使摄制组人员的创造性劳动融为一体。

导演首先要对剧本进行再创作,以电影文学剧本为基础,结合自己的生活感受和艺术观念,运用蒙太奇思维进行艺术构思,编写分镜头剧本和"导演阐述",包括对未来影片主题意念的把握、人物的描写、场面的调度,以及时空结构、声画造型和艺术样式的确定等。通过对剧本的构思、写作或修订，将其作为未来影片的总设计图。

导演还要组织摄制组的班子，然后物色和确定演员，并根据总体构思，对摄影、演员、美术设计、录音、作曲等创作部门提出要求，组织主要创作人员研究有关资料，分析剧本，集中和统一创作意图，确定影片总的创作计划。通过排练，确定演员对角色的创造；审定各部门的创作规划，集中和依靠各艺术家的智慧指挥拍摄，以实现预期的艺术效果。镜头拍摄中和完成后，指导并依靠

▲演员需要导演来确定

剪辑部门，完成镜头的组接和声画合成。

导演还要按照制片部门安排的摄制计划，领导现场拍摄和各项后期工作，直到影片全部摄制完成为止。一部影

▼大部分古装电影都是在横店影视城拍摄

片的质量,在很大程度上决定于导演的素质和修养;一部影片的风格,也往往体现了导演的艺术风格。

电影是综合艺术,只有经过导演的集中和再创作,使各门艺术成为创造银幕形象的基本元素,才能充分调动各创作部门的创造性,运用各种艺术要素,拍摄出一部完整的影片。

▲拍电影道具

如何欣赏书法作品

书法与国画都是中华民族的传统艺术。作为一门艺术,书法有很高的欣赏价值。

欣赏书法作品一般先看其总体的气势和神采如何;然后欣赏章法与结构;最后是分析基本笔画。

用笔——是否轻重轻疾,提按顿挫,笔画有没有厚度、深度,能否呈现立体感、生动有力。加上用墨有枯湿浓淡的变化,更可增添一份气韵。

结构与章法——造型和构思的书法作品,可以给人以平衡对称中富有多样的变化,新颖别致,不落俗套的美感。结构搭得好,会使笔画相互呼应,疏密匀称,虚实相生,收放相应。章法

▼毛泽东书法

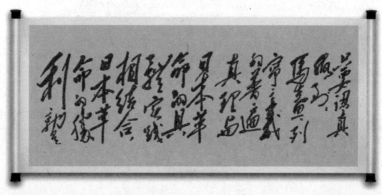

▲绘画书法

美主要指对整篇作品的字与字、行与行、首与尾之间脉络相连，节奏和谐所做的艺术处理，使作品表现出生动活泼、变化又统一的效果。

意境——是书写者用笔、结构和章法技巧以及自身的学识才华、气质性格的综合反映。每个书法家都有自己的风格，作品所反映出的意境各别。如王羲之的书法如"拨云睹日，芙蓉出水"；而颜真卿的书法却如"项羽挂甲、樊哙排突"。欣赏一幅书法作品，若能进一步了解书法家的生平、思想、所处时代等，就能更好地进入全面的欣赏境地。

▲书法展

第**5**章

科学以无数的方式帮助着人类。科学发明为我们的生活带来了许许多多的改变。世界的文明因科学而产生飞跃式的进步。科学让我们生活的方方面面变得更加舒适。在日常生活中，你只要稍微留意就会发现许多有趣的科学。

日常科学

两个轮子的自行车 为什么骑起来不会倒

大家知道，自行车上路以后，轮子转得快，车子就稳；轮子转慢了，稳定性就差。至于玩儿"定车"，那可得有点技巧呢。

你玩过陀螺吧?不管用鞭子打的陀螺，还是用手捻的"捻捻转"，静止地放在地上、桌上，它们都立不住。可是，当它旋转时却矗立着，转得越快，立得越稳。这是怎么回事?原来，高速旋转的物体有一个特性，就是它能保持转轴的方向不变，这叫陀螺的稳定性。转起来的小陀螺，正是靠这个特性才不倒的。陀螺的倔脾气是转动惯性的一种表现。

旋转体的转轴不管指向哪里，只要它高速转起来，就能保持转轴的方向。抖空竹时，把高速旋转的空竹抛向空中，它正能保持着原来的样子平着落下来，虽然它一头沉一头轻，却不因重力的作用而歪倒。

自行车骑起来不倒，和陀螺旋转的道理一样。它的轮子一转，就像两个陀螺似的，能保持原来的转轴方向，不使车子歪倒，这正是转动惯性在起作用。

当然，骑自行车还需要一定的技巧，光靠两个轮子转还不行。

▼自行车　　　　▼陀螺

喷水池里为什么会喷出水来

▲九龙喷水

把 U 形管的一端降得很低，然后把用手捏住的管口松开一点点，那水就会从细管口里向上喷了。

底部互相连通的容器叫连通器。这个实验告诉我们，在连通器里，液面总要维持相平的状态。但是，如果连通器的一头被堵住，相对高出的一端液体就会产生水压。一旦在水面较低处有

用一根透明的软塑料管做个小实验，就能解答这个问题。一位同学拿住塑料管的一头，使它的口向上；另一位同学拿另一头，也使它的口向上，这样就形成一根透明的 U 形管。用夹子夹住塑料管一头，然后从另一头灌水。停止灌水后拿掉夹子。看！水从这一头流向了那一头，一直流到两边管里的水面相平才停止。如果使 U 形管的一头升高，或降低，或倾斜，情况怎么样呢？你会发现，只要水没有从管子里流出来，两边的水面总是保持相平的。如果你

▼石雕喷水池

了突破口，液体就会喷出来。

自来水就是利用连通器原理送水的。自来水厂水塔上的水箱，总要比装有水龙头的建筑物高，这样水龙头里的水就受到了比较大的压力。

常见的喷水池的喷水管就是自来水管上加一个喷水口，在强大的水压之下，水就向上喷了。

当然，有些自来水厂是用高压水泵直接送水的，那种情况下，喷水口的压力就是从高压水泵来的。

▲传统建筑水池中的喷水龙

▼音乐喷水池

为什么沉重的拖拉机不易陷进泥地

▲牛车

下了一场透雨,地里的土变得又松又软,送粪的牛车一走进地里,牛蹄和车轮都陷了进去。这时来了一台装有履带的拖拉机,它浑身是钢铁,比牛车重好多倍,可是它走进松软的地里,却和在公路上一样行走自如。这是怎么回事呢?

为了研究这个问题,我们不妨做个小实验:找一块方木板,木板的四角上钉进四根长钉子,成了一个"铁腿木桌"。找一盘沙子,把沙盘表面弄平整,把"铁腿木桌"的腿向下放到沙子上。看!铁钉腿陷了进去。要是在"桌"上再放些重东西,铁钉会陷得更深。

现在,我们把"木桌"翻过来,让铁钉向上,桌面贴到沙子上。看!就是放上重东西,它也没陷进多少。

这原因不是别的,"四腿"向下时,全部重量都集中到四个铁钉的尖上,于是四个铁钉一下子就扎进了软软的沙盘。

"四腿"向上时的情况就不同了,重量所产生的压力分散到了桌面的各个地方,压力一分散,就压不动沙子了。可

▼拖拉机

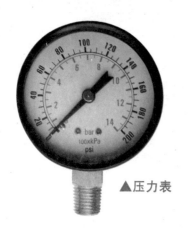
▲压力表

见，压力分布的情况不同，产生的效果就很不相同。

为了比较压力分布的情况，我们管单位面积上的压力叫做压强。压力越集中，每平方厘米上的压力就越大，压强也就越大。比牛车重量大得多的拖拉机，不会陷进松软的土地，就是因为它的履带和土地接触的面积比牛车车轮大得多，它的压强小。

为什么不能站在有飞快火车开来的铁轨旁边

为了研究这个问题，建议你做个小实验，拿两张平行的纸片，使劲往中间吹气。试试看，这两张纸片是越吹离得越开，还是越吹越靠拢了呢？你会发现，你越是使劲吹，它们越是往里靠得紧——里边流动的气体压强小了，外边静止的气体压强大，在外边的压强作用下，两片纸开始靠近了。

火车带着它周围的空气飞驶，在火车的两侧有流动的空气，这流动的空气要比你嘴里吹出的气流快得多，因此，它两侧的压强就很小。如果人站在铁轨附近，身后是静止的空气，人就会在强大的空气压力下倒向火车，从而发生事故。因此，这时候我们一定要离开铁轨远一些，才能保证安全。

▼不能站在飞快火车开来的铁轨旁边

街道上为什么有 人行横道线

▲人行横道线

人可以踩着跳石穿过马路，而跳石刚好在马车的两个轮子中间，马车可以安全通过。

19 世纪出现了汽车。汽车的速度及其危险性都超过了马车，所以，跳石已与此不相适应了。经过多次试验，19世纪50年代初，在英国伦敦的街道上，首先出现了一条安全通道，而且也给行驶中的司机以警示，对减少交通事故起了很大作用。

在宽阔的马路上，常可见到画着一道一道的白线，这就是人行横道线。

早在古罗马时代，意大利庞培市的一些街道上，人、马车混行，交通经常堵塞，事故经常发生。为了解决这个问题，人们把人行道加高，使人与马车分离。后来，又在接近马路口的地方，横砌起一块凸出路面的石头，叫做跳石，作为指示行人通过的标志。行

▼伦敦街道

桔子水为什么能"吸"上来

把麦管或塑料管插进装有桔子水的瓶中，用嘴一吸，桔子水就会沿管子上升进入口中。吸墨水时，把笔囊里的空气挤出去，墨水就会自己跑上来。从前，人们从这类生活现象中受到启发，制出了抽水机。至于抽水机为什么能把水拉出来，却一直没有得到满意的解释。有人曾经认为，这是因为把抽水管里的空气抽出去以后，抽水管里出现了真空，于是水就赶紧上来填充。各种吸管（包括笔囊），都是这样利用"真空吸力"吸上水来的。

1640年，意大利某城造了一台抽水机，准备把深矿坑里的积水抽走。抽水

▲桔子水

机造成后一试，大失所望，水被提到离井底不到 10 米高的地方以后，就不再向上升了。这是为什么呢？人们便去问物理学家伽利略。伽利略认为抽水机能把水抽上来，是由于空气的压力把水压上来的。水只能抽到一定的高度，可能是这种压力只能达到一定的限度。他逝世后，他的学生托里拆

▼抽水机

利用实验证明了大气确实存在压力。实验证明,吸墨水、吸汽水、抽水机都是靠外边的大气压力把液体压上去的,没有外界的大气压力,是不能吸上任何液体的。

你不妨做个吸桔子水的实验:瓶口用塞子塞紧,塞子中间紧插一根塑料管,瓶中装满水不留一点空气。注意,关键是不留一点空气。好,你吸吧,那水总是"吸"不上来!这也从反面来说明,桔子水是靠大气压力把它压上来的。

▲伽利略

吸尘器为什么能吸尘

打扫卫生是一种烦琐的家务劳动。近些年来,我国市场上已出现了一种代替人工做清洁扫除工作的家用电器——吸尘器。

吸尘器作为现代化环境清扫的电器用具,主要用来吸取各种地面、地毯、衣柜、书架、仪器等物件上的尘埃,它可以代替扫、擦、抹等几项工作。

吸尘器在吸取尘埃时,不会使尘埃扩散、飞扬,并可吸取缝隙、凹凸不平地面以及形状复杂的各种用具和摆设上的尘埃,可算得上是打扫卫生的巧手了。

吸尘器又叫"真空吸尘器",它有许

▼吸尘器

多种,但是基本原理都是一样的。吸尘器的动力是一台能高速转动的电动机,电动机带动风叶轮高速转动,每分钟能转 8000 ~ 25000 转,这样一来,就使吸尘器内部变得接近真空了。吸尘器的外边是有大气压的,外界大气压就压着带有尘埃的空气从吸嘴进到了吸尘器的肚子里。在吸尘器的肚子里有一个装置叫过滤器,过滤器是个筛子,它只准干净的空气过去,不准尘埃脏物通过,这样就把尘埃和脏物留到了集尘袋或储灰容器里,干净的空气又重新回到室内。所以吸尘器还有净化室内空气的作用,这是扫帚和拖把办不到的事情。吸尘器既然是电器,自然要消耗一些电力,不过请放心,一个 3 到 5 口人的普通家庭使用吸尘器,每月大约只增加 2 度电。

▲吸尘器风叶轮

▼吸尘器

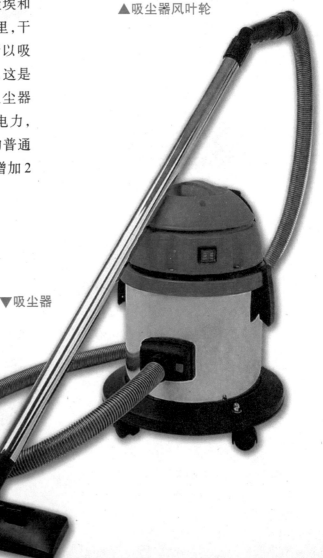

水都是在100℃时沸腾吗

水可以在很低的温度下沸腾。不信，你就做一个"冰煮开水"的实验吧：用酒精灯把烧瓶里的半瓶水煮开，再用软木塞把瓶口塞得紧紧的，把烧瓶倒过来，水立刻不沸腾了。这时你把几块冰放到烧瓶上（用冷水也可以），看！瓶内的水居然在低温下沸腾了。原来，水上边的空气温度降低，压强减小了。这说明，水不都是在100℃时沸腾，水沸腾的温度和气压有关系，只有在一个标准大气压的情况下，水才恰恰在100℃时沸腾呢。

由于大气压是在不断变化的，所以炉子上烧的水并不都是在100℃时沸腾。有一位小学生用温度计测量了不同天气下水壶里水沸腾时的温度，写出了小论文。你不妨也可以试一试，从中可以研究出许多学问呢。

▲酒精灯

▼在高山上气压低，水不到100℃就会沸腾

开水浇在地上为何发出噗噗声

提一壶冷水，向地面上倒一点。你听到的是清脆的"噼啪"声。提一壶刚开的开水，同样向地面上倒一点，你听到的则是低沉的"噗噗"声。

为什么冷水和开水倒在地上发出的声调不同呢？这就要做些研究了：你不妨把一壶煮开的水，每隔两三分钟向地下浇一次，你会发现，随着水温的降低，音调由低转高，由"噗噗"声变成了"噼啪"声。

▼茶壶

上边的实验说明，开水浇在地面上的声音和开水的温度有关。当水温在 100℃时，水开始沸腾，这种沸腾的水，不但表面的水分子在快速蒸发，而且内部的水分子也会争先恐后地跳出来变为水蒸气，所以开水四周总是包围着一层水蒸气。

▲开水四周总是包围着一层水蒸气

开水倒向地面时，在水柱落地之前，水蒸气首先垫在地面上，开水和地面之间有了这一层绒毯似的气垫，撞击的声调也就低沉多了。当水温远远低于沸点时，液体内部的分子不再汽化，水柱落地再没有气垫的缓冲作用，声音也就变得清脆了。

同样是35℃，为什么在空气中觉得很闷热，在浴缸里却觉得不凉不热呢

这个问题提得很有意思。身体感到凉或热，关键是人体散发热量的多少。在相同的时间里，散热越多，就越觉得凉快。

空气和水相比，哪一个带走的热量多呢？从传热的规律知道，这和物体的质量和比热有关：质量、比热越大，传热越快。水的密度比空气大，包围在人体周围的水的质量要比空气多700倍左右。另外，水的比热比空气的比热大4倍左右，也就是1克的水比1克的空气温度升高1度所需要的热量约多4倍。合起来计算，如果从人体带走相同的热量，需要的空气体积比水的体积大近3,000倍。显然，空气散热速度比水慢得多。

其实，空气和水在热交换时都是流动的。同样在25℃的情况下，干燥和潮湿，

▲河水

▼浴缸

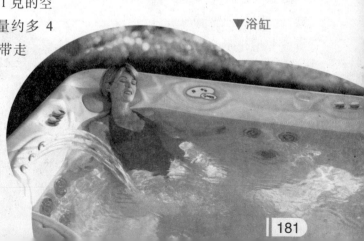

▲空气和水在热交换时都是流动的

有风和无风，人对凉热的感觉是不同的。这主要是因为人在空气中散热的快慢跟人体汗液蒸发的快慢有关。

在通常情况下，水比空气传热能力强大约25倍。所以，相比之下，在35℃的空气中，人好像穿了一件空气衣服一样，觉得很热；而在浴缸里，同样是35℃（水温），由于水逐渐吸取人体的热量，所以使人觉得不凉不热。

怎样才能测量出高达两三千度的高温呢

打铁的工人师傅常常根据铁块烧的颜色来判断铁的温度。例如，铁块烧得微微发红时，大约是750℃，温度再升高，铁块就由红变黄，最后直到发白，铁块就要熔化了。

在物理学里，有一个可以根据发光的颜色计算出物体温度的定律。这样就可以根据这个定律做成光学高温计。目前，炼钢厂就是用这种方法测量铁

水的温度的。测量铁水温度的时候，只

▼炼钢厂

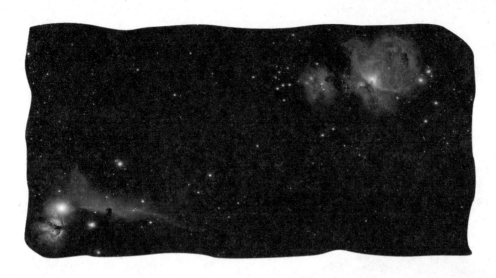

▲猎户星座内的星云

要把仪器对准铁水，就可以显示出铁水温度的数值。

天文学家也用这样方法测量遥远的恒星的温度。一般来说，温度高的恒星显白色或青白色，温度低的显红色。在天蝎座上有一颗显红色的星，它上面的表面温度只有 2,000~3,000℃，和灯泡亮时钨丝的温度差不多。太阳表面的温度大约 5,000~6,000℃，而猎户星座上的蓝色星星的表面温度竟高达 20,000℃ 以上。

在工厂里还有一种测量高温的设备，叫温差热电偶。这种热电偶通常可以精确地测量几百度左右的高温。它的构造十分简单，把两种金属各取一段，例如一根铜丝，一根铁丝，把铜丝和铁丝的头接起来，然后把另外两个头也接起来，形成一个封闭圆环。如果把一个铜、铁接头放在热水里，另一个放在冰水里，由于两个接点有温度差，圆环里铜、铁接头便会产生电流。测量电流的大小便可以知道温度差有多少了。

如果温度是十万度、二十万度就不能用直接测量的方法了，这就要根据形成高温的条件，经过科学的分析和计算，推知温度的高低了。

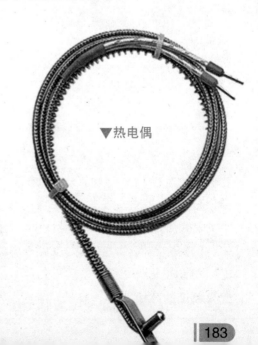

▼热电偶

海水含有大量盐分为什么南极的冰块中却没有盐分

▲南极冰山

的冰山是南极大陆的冰盖滑入大海中形成的。这些冰盖年复一年地向大陆边缘移动,并且在岸边崩裂,变成冰山,漂浮在海中。因此,南极的冰山都是淡水冻结而成的,完全没有咸味。北极附近的格陵兰岛也有冰盖,它的面积还不到南极冰盖的十分之一。由于有众多的陆地河流流进北极地区,注入北冰洋,使北冰洋海水的含盐量,略低于正常海水。这是这里海水结冰的一个重要原因。

水到零下开始结冰,冻成冰块。如果水中含有盐分,水分子就不容易结冰。水结冰的时候,要尽量把盐分赶出去。结果,海水结成冰后,冰块中的盐分没有海水中的盐分多。

说到海上的冰块,人们很容易想到南极和北极。其实,南极的冰山和北极的冰山是不一样的。南极

▼结冰的北冰洋

剧场的墙上为什么总是疙疙瘩瘩的

一些剧场的墙壁和天花板上大都是疙疙瘩瘩的，或者压成了各种花纹。这不单是为了好看，还和剧场里的音响效果有关系呢。

在空无一人的大礼堂里喊话，常常觉得听不清，这是由于回声在捣乱。你喊出了声音，声音跑到四周墙上和各种物体上，就会反射回来许多声音。这些回声不能同时反射到人的耳朵里，这就使人感到声音有些混杂。这种现象叫做混响。墙壁太光滑了，回声太多太乱，混响时间太长，大家就听不清舞台上说的是什么了。墙上的疙瘩可以控制混响时间。北京的首都剧场，在坐满观众时混响时间是 1.36 秒;剧场空着，混响时间是 3.3 秒。

没有混响也是不成的,在广场上演奏音乐,效果就不好。建筑学家要解决这些难题,是要下一番功夫的。

你去过人民大会堂吗?那里演奏音乐,听起来非常优美。原来,舞台上配置了 14 个传声器,每个座位上都安着一个小喇叭,整个会场使用了立体声扩音系统,满座时的混响时间是 1.6 秒,恰到好处。你是否发现,人民大会堂的墙壁上并没有疙瘩?原来,那墙壁里边有一种空腔吸声结构,墙表面用胶合板覆盖着,比那疙瘩的效果好多啦!

▼剧场的墙壁大都是疙疙瘩瘩的

▼人民大会堂

压力锅为什么容易把肉煮烂

▲高山上的气压比地面低

高山上的气压低，水沸腾时的温度也就低，因此煮不熟土豆。

巴本用实验证实了他的发现以后，就进一步想：如果倒过来，用人工的办法加大气压，那水的沸点不就会升高了吗？于是，他自己动手做了一个密闭容器，在不断加热的情况下，里边气体的压强越来越

三百多年前，法国有个医生叫巴本，他同时又是一位物理学家。有一年，他受到法国国王亨利四世的迫害，只好翻山越岭逃往国外。在跋山涉水的旅途中，他发现，在高山上尽管水开了，土豆还是生的。这是为什么呢？到了国外，他就着手研究这个问题。他发现，水并不是都在100℃时沸腾，气压低了，水的沸点也会跟着降低。

▼土豆

▲水在压力锅内沸点可达到124度

大,容器中的水居然超过100℃才开。

在高温高压之下,容器中的土豆都煮得很烂了。就这样,1681年巴本造出了世界上的第一个压力锅,当时被叫做"巴本锅"。

目前我国市场上的民用压力锅,工作压力为1.3千克/厘米^2,水在锅里沸腾时的温度是124℃,在高温高压之下,鱼骨刺也可以炖酥炖烂,更不用说把肉煮烂。

压力锅也解决了高山煮饭不熟的难题,到了高山顶照样也可以煮熟饭了。

电会吸人吗

报纸上曾经报导过这么一段消息,说:"有两个小朋友在巷里捉蜻蜓,把墙上的电线碰断了。弟弟碰到电线,立即被击倒在地,垂下的电线又挂住了哥哥的下颔,把他吸住了。邻居赶来抢救,首先切断电源。弟弟没受重伤,哥哥却倒在地上,人事不省,送医院抢救才脱险。"

电线里的电怎么打倒了弟弟,吸住了哥哥呢?

我们常见的电灯电线有两根,一根叫火线,一根叫地线。火线对大地的电压是220伏。人站在地上接触到

▼当心触电警示牌

当心触电

▲电是不吸人的,这是肌肉收缩的结果

触电者会被电击倒,摆脱电源,这就是被电"打"了——其实是肌肉自我收缩的结果。

不幸的触电者在肌肉收缩时,反而会紧紧地攥住电线不放,或者趴在电线上,不能摆脱电源,电流愈来愈强,肌肉更加收缩,这就是被电"吸"住了。其实,电是不吸人的,这是肌肉收缩的结果。

绝缘皮破了的火线,电流便经过人体流入大地,形成触电。电流通过人体时,人的神经首先受到刺激,触电部位立即发生痉挛,肌肉不自主地收缩。幸运的

遇到有人触电,抢救时必须立即用干燥的木棍把电线从触电人身上拨开,切断电源,然后再救人,不然,触电的人会因为神经麻痹,心脏停止跳动而死亡,救人的人还会因为接触触电的人而触电。

调频广播为什么好听

▼半导体收音机

你也许已经发现,电视广播的伴音比普通半导体收音机好听。这是因为电视伴音采用的是调频广播,电视台发出的是调频波;一般广播电台采用的是调幅广播,发出的是调幅波。

广播技术最早都是用调幅波工作的,这种广播技术比较简单。但是,调幅广播杂音比较多,抗干扰的能力

弱。半导体收音机听起来时常有嘎嘎声，就是它抗干扰能力差的一种表现。另外，调幅广播就像根据"货物"的情况来造"车厢"的列车，遇到过大、过小或形状特殊的"货物"，"车厢"的样子有时也就不合适，这样再放出来的"货物"也就变了形——出现了失真，本来非常丰满、动听的声音，变得单调、贫乏了。

　　调频广播的情况要比调幅广播好得多，它的"车厢"不变，也就是振幅是一定的，"车厢"里"乘客"的多少由电台决定，也就是频率依声音信号的变化而变化，这样，各种"形状"的"货物"几乎都能进入"列车"，也就使广播的失真度变小了，收音机里放出的声音和原声很相近了。

▲老台式收音机

　　收听调频广播必须使用调频收音机。家庭用的一些收录机的收音部分，要是有调频波段的，就可以收听调频广播。调频广播的节目，大多是优美的音乐和戏曲。

　　除了调频广播之外，现在还有一种调频立体声广播，它还可以产生立体声的效果。

▼广播电台

激光为什么那样好看

节日的天安门之夜,一束束彩色的激光射向了夜空。红的、橙的、蓝的、绿的,色彩纯净,瑰丽璀璨。它们射向哪里,那里就会出现耀眼的光斑,这梦幻般的景象,真是太迷人了。

激光是新技术的象征。你看那照亮广场的高压脉冲氙灯——人造小太阳,多亮!可是,一台红宝石巨脉冲激光器的亮度竟比氙灯高37亿倍!当然,激光只照出了一个极小的光斑,但这恰恰又是它的一大本领——高方向性。打开你的手电筒,它最多照亮一百八十米,那光环却要发散成直径若干米的大圆。用探照灯照月

▲天安门之夜

球,不消说它根本照不到,就是照到月球,也会发散到面对地球的那半个月面。可是激光却不同,夜空中的激光柱是上下一样细的,就像从星星上垂下的金丝银线,激光经过将近40万公里的长途,到达月面以后也只不过发散成一个圆斑。激光的颜色是极纯的单色,所以格外美丽。

节日的激光之所以美丽,正是由于激光具有高亮度、高方向性和高单色性这三大特性。

▼激光

泡沫灭火器
为什么能灭火

在工厂、仓库、影剧院的墙壁上，都挂着红色的泡沫灭火器。遇有火警，只要把它摘下，把喷嘴对准起火点，倒一下个儿，白色泡沫就会夺口喷出，覆盖在燃烧物上，很快把火扑灭了。泡沫灭火器为什么能灭火呢？

如果你到泡沫灭火器换药站去看一下就明白了(大城市里都有这样的换药站)：原来，泡沫灭火器是由内、外两只套在一起的圆桶组成的。外桶是用钢做的，它里面盛的是小苏打(碳酸氢钠)的浓溶液，在这钢桶里面还有一只较细、几乎与外桶一般高的塑料内桶，里边盛有明矾(硫酸铝钾)的浓溶液。把两个桶口都向上套装在一起，再在外面钢桶口上拧上一个带喷嘴的盖子，这就是灭火器的基本结构。不管是运输还是定点放置，都得保持这样直立的姿势。在平时，处于内外二只桶里的

▲消防器材

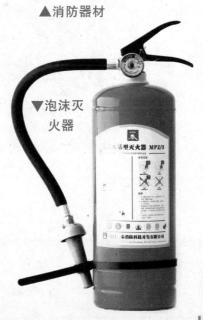

◀泡沫灭火器

▲救火车

速地把它倒转过来,这时内桶外桶里的两种液体就来到钢桶喷嘴一端"聚会"了。两种液体发生了剧烈的化学反应,生成大量的二氧化碳。二氧化碳产生了很大的压力足以使筒内溶液喷出去。由于药液内加有起泡剂,所以喷出的大量泡沫覆盖在燃烧物表面,隔绝了氧气。火没了氧的支持,自然就被扑灭了。

两种溶液,隔着内桶的桶壁,彼此互不相碰,自然无法发生化学反应。但当遇有火警的时候,你一定要当机立断,迅

不过,可千万注意,泡沫灭火器喷出的泡沫和铁桶本身都是导电的,所以,在使用泡沫灭火器前一定要切断电源,以免发生危险。